幾回踏過雀仔橋

黃秀蓮

序秀蓮散文

汪立穎

與秀蓮的認識，得上溯至一九九三年，她初遊巴黎找住處，由她的舊同事、我的好友渝芳牽線，就來到我的小寓所了。秀蓮在其散文中屢次提及「庭院深深」的古宅，位於塞納河畔，她為樹影婆娑，墨綠書箱鱗次櫛比，而「醺然若醉，興奮得難以形容」，「電光火石」即刻激起了一股寫作衝動……

寫作動力日勝一日，文思化作文字，文集一冊冊問世了，我這小宅或亦與有榮焉。

今次蒙秀蓮邀我這籍籍無名的人寫序，明知力有不逮，仍勉捉禿筆為之，以不負其望耳。

在欣賞作者的散文之前，可先琢磨其題目，讀者不難發覺七字句的特別多，如第一輯收集了十二篇，其中十篇的題目均由七個字組成。其他各輯各有差異，粗略統計，全書五十四篇，七言句佔了二十七篇，剛好一半。

區區七言，情與景，凝結於一地名，地名隱顯了作者之情感及當下之景色；若返溯之，則情景潤色了地名，使之躍然而出。如「幾回踏過雀仔橋」、「燈昏影雜南昌街」、「鄉愁暫厝旗山上」等是為其中的佼佼者。又有脈脈詩情、韻味漫溢的，如「唐樓碉樓月色同」、「京都舊夢鬢雲間」。每一題的平仄協調，形動詞巧妙得當，讀來抑揚頓挫，猶如出乎一首七律。

尚未見全豹，已予讀者一遐想。

描述其「生於斯，長於斯」的香港，大概無人能出其右。一座石橋，一條尋常大街，一處隱蔽古蹟；還有社會小人物：鞋匠、小販、車衣女工……都在她細膩的筆下呈現異彩。

擺攤看相、席地弈棋的南昌街夜市，作者如是說：

把城中一角已深沉的夜色照得半昏半昧，掩映微明。放眼望去，只見街燈之下，另有光芒，一焰一焰朦朦朧朧的漾開，而人影錯雜，三五而聚，把燈花圍住。

先描繪與他處不同的燈火半明、神秘兮兮的背景，而後直述造成夜市的兩行業：

隨地而擺，佔地甚小，相士與客對坐小板凳上，客先坐定，正襟端坐，不可亂動。原來農村夜裏捕捉田雞，只要用燈光直射，田雞頓時不能動彈，恰像提燈看相未敢妄動之片刻，故此把看相戲謔為「照田雞」。

……。弈棋文雅，講求理性，有君子之爭，無街頭之霸。善

> 弈者在地上擺下白底印上紅線的棋盤紙，紙張已舊，摺痕斑駁，偏又紙質單薄，怕給風吹翻，便用小石子鎮住四角。火水燈或者大光燈，照亮棋局，弈者常常讓客三子，顯示自己有力追回；……

相面看掌和公開鬥棋原是到處可見、中外皆有的。妙的是一只小板凳、一張棋盤紙鋪地就可開檔，且有「攤子首尾相啣之盛況」。謀生道具，因陋就簡以至於此，確是舊日香港風情，也唯有香港人具此能耐。

我離開香港已達半世紀，走過不少國家的小城鎮，兜兜各處的露天菜市場已成習慣，亦是感受當地風土人情的捷徑，所以各種各樣的小販見過很多。但使我重現腦海、難以忘懷的，乃如秀蓮所述：

> 賣蔬菜水果的已摸黑到菜欄果欄，……最教人動容是全家上陣，媽媽胸前掛藍布錢袋，一面買賣，一面反手哄拍孭帶裏的嬰兒。二三小童挨近媽媽，低頭在水果木箱上做功課。

六七十年代，這樣的街頭實景，在香港司空見慣，有幾人為之「動容」呢？回想當時年青的我，也屬於無動於衷的一個。而後入世漸深，方明這實在是一幅香港小販的拼搏畫：面對困苦艱辛，沒有眼淚，含着希望——小孩在水果木箱上專心做功課。怎能不令人感動？

香港的繁榮滲透着他們的血汗，秀蓮抱着同情、尊敬、讚揚，把這些底層人物，如無名英雄那樣寫進了香港歷史。

〈病染傷寒生死間〉，這篇散文結構，富有小說的懸疑、轉折、跌宕，題目中「生死」兩字，就把人心懸起了。開篇只言大學剛畢業，「最後一個悠長假期……滿懷憧憬」。接繼而來的卻是「救護車突而駛進大學保健處，啊，擔架床把我抬上車」。讀者不能不出乎意料！寫作人隱去已病一段，直接描述上救護車，「嘭一聲關上門，我躺臥車廂」，快速剪接，一如影片。入院三四天後，確診為傷寒，「又叫腸熱，會傳染的」，文章轉入緩慢，病人陷入淒苦：要遭隔離，家人也不能探望，因而「抽抽答答哭起來」。獨立的小樓，孤零零，護士凶巴巴。作者將心情融化在景物中，外在物的描寫表達內心感受。引出「這地方住不下去的」結語。

淒涼狀況極短，奇峰突起：「翌晨一個護士笑盈盈走進來」，原來是中學同窗，病房重逢。從天而降的白衣天使，馬上使陰霾化為陽光：她母親的「那口開平鄉音高興得發抖」，孤獨的隔離病房「一下子變成豪華私家病房」，病人似乎這時才注意到病房有「伸出半空的舊式陽台，可與家人揮手作別，可仰觀日月星辰哩」。

這一峰迴路轉，猶如小說手法，讀者亦為之欣喜。不用說「接着的留院日子就在恩典中度過」：母親送來湯水、報紙；大哥買來名牌錄音機；護士和藹可親，雜務員盡心盡力，還有「薑花香氣滿室瀰漫」。隔離留醫，何可更勝於此？

「小說」的情節發展，至此達到高潮。

生病住院本不稀罕，但各人的幸與不幸，生與死的一線之隔極不相同。讀過奧威爾〈窮人如何死〉一文的人，忘不了他所寫的那家巴黎貧民醫院：長長的一通間，低，昏暗；靠得很近的三行病床，擠着六十個病人，飄着令人作嘔的氣味……病患是否傳染，沒人理會；護士挨着一個個病人做同一式的拔罐，從不消毒。每天早上總會發現某個病床上的人躺着不動了。最諷刺的是有個囚徒病人竟然逃回了監獄，而不願留下！

不過那是遠在一九二九年，作者入院的親身經驗。遲他三十多年後的六十年代初，我自己也有一經歷，與秀蓮的相比較，有天壤之別；若對照奧威爾的，我則幸運莫名了。記得我小學還沒畢業，傳染上了當時肆虐江南一帶的白喉。（另有腦膜炎、小兒麻痺症也是那時的流行病。）先發燒，喉嚨越來越痛，三四天後母親發現我的喉部出現灰白膜及白點，覺得情況嚴重，必須馬上去醫院。由我哥哥陪同，走到了較近的第二人民醫院。那二十多分鐘的路程，使我累上加累，疲乏不堪。時近傍晚，候診室還是坐得滿滿的。輪到我了，護士測體溫，已高達四十一度。醫生問病情，檢視咽喉，按壓一下脖子耳根，不需更多折騰，即刻診斷為白喉，屬於急性傳染病，得即刻轉去傳染病醫院隔離。醫院在城外，怎麼去呢？「叫三輪車去啊！」護士說。理所當然的口氣！那個年代，除了用兩條腿，可代步的唯有三輪車了。計程車還沒存在，至於救護車，全市該有幾輛，但輪不到我。坐在三輪車上，只感到陣陣寒風，我全身冷顫，瑟縮一角，用手帕掩住口鼻，生怕坐在旁邊的哥哥給傳染了。那段路，伴隨着吱呀吱呀的車輪摩擦，似乎沒完沒了。漫漫長路，我至今記得。

在傳染病醫院，我有幸給送入二樓的女子病房，那裏已有兩個病人，我的病床在她倆之間，顯然是臨時加搭起來的，只留下一人可過的通道。

病床前沒有可遮掩的長簾，房門敞開，盥洗室、廁所都在房外。走廊的一邊也排滿臨時病床。物質匱乏，並不減低我們對醫生、對醫院的絕對信任。我自己一點不憂慮，既然進了醫院隔離治療，我的白喉桿菌一定會給殲滅掉。對白喉可能引起的窒息，以及心肌損傷後遺症，惘然不知。我擔憂的是住院費用，那筆錢將怎麼付？當時母親因健康關係，被動員「自動退職」，沒了薪水。小小年紀已感受到貧病交迫。所以，我特別乖，聽從醫護人員，打針不叫痛，吃藥不說苦；醫院一日三餐都只供應一碗稠稠的粥，專為病人的半流質食物，我哪會嫌單調，吃得光光的。有一次一個護士在房外大聲吼：「你不怕難為情啊，哭個不停！人家女孩子都沒哭，還比你小，你可是堂堂中學生呀，羞不羞？」那個可憐的男生就睡在走廊的病床上，可以望見我們的病房。護士以我為榜樣了，不免有點得意。

我被隔離了多久，已不記得，至今沒忘的是哥哥兩次騎着自行車送來當時很難買到的梨子。他只能在大門口的傳達室放下東西，然後到醫院籬笆外等我在窗口出現。我們隔着一個操場，高興地揮手，我舉起護士傳遞來的裝着梨子的紙袋，讓他知道東西已到我手中。可惜離得太遠，沒法說話。這該是我最興奮的時刻，兩個同房病人羨慕不已。

在悠長遼闊的時空中兜了一匝，三類迥異的醫院景象，頗真切地反射着其時其地的社會面貌，對照一下，不無意義。話歸原題，秀蓮在其文章的末段，集中描寫她大病不死的感激之情，面面俱到，包括港府對傳染病的醫療政策，竟然「住院一月，分毫醫療費也不用支付」，確實值得讚揚。最後，於養育之恩的父母，滿腔感念傾瀉而出：

當年天天登山探病的母親如今已年逾九十，竟爾連子女都認不出了。父親哩，半生貧寒，在製衣廠的熨衣部揮汗如雨，盡力撐持一家，所以對於金錢，向來非常節儉。可是驚見女兒一病沉疴，命

> 若游絲，竟然毅然決定傾盡畢生積蓄來救治。我從未想過父親會作這樣打算，都怪自己不體念親心，……生死渡頭，矮矮胖胖的父親為了搶救女兒，竟是一副勇不可擋的姿勢。二十年前，我再次立在生死渡頭，軟弱乏力，淚下如雨，忍看捏住紅簿仔，獻上一生血汗的身影，遽逝於煙水茫茫。

父母劬劬，讀之如見其貌；再添一筆與其父親之死別，讀者亦將淚下如雨。

此文題目中的「生死」二字也於此再顯，作出另種回應，首尾圓合。

秀蓮來巴黎，經常小住一月或二旬，從不作走馬觀花的遊客。她筆下的花都，點綴着巴黎人的普通生活。如〈趁墟在巴黎〉描寫露天菜市場；〈白露筍與Crêpe的滋味〉，前者為春季時鮮，「其色如玉，素白通透」，熟後則「清而爽，甜而脆」，故而人人寵愛；後者crêpe是去餐廳的較廉消費。用黑麥麵粉做的薄餅，在作者筆下變為「餅是圓的，這食店把鹹餅四邊撐起，再合攏，如花瓣圍抱花蕊，餅底便由圓變方，簡直像一尊黑色立體雕塑，非常現代感地奉客」。

這大概便是一個寫作人與普通人的不同，他們的敏感和想像力變平凡為神奇！〈趁墟在巴黎〉一文中同樣表現了作者的敏銳觀察，市場一般的果蔬、芝士和牛羊雞肉類等等之外，「還有花卉盆栽、地毯、古董，更有維修古董家具的攤子，嗯，沒有這些，也不似巴黎了」。售賣地毯、古董和維修家具同在菜市場中，他處確實不多見，作者的眼睛馬上逮住了這獨特。「出於懷舊情意結吧，加上露天購物有一種自在的情趣，墟市頗受歡迎。」一語中的！周末的墟市人丁興旺，有推着嬰兒車的年輕媽媽，有帶着孩子的上班族爸爸，購食材與散步，一舉兩得。攤主和熟客一邊稱貨一邊拉家常，若臨近某個選舉，總有人公開譏諷他所不喜的政黨、政客。而派政黨傳單的，就在一側。我自己也習慣趁墟，熟知哪個攤檔販賣直接從農場來的有機蔬菜、沒有打針的雞鴨，多付幾歐元也值得。何況讓小農小販賺，勝於把錢花給超市的大老闆。若只存在冷氣襲人、千家一式的超級市場，巴黎豈不失色？

「趁墟吧。」秀蓮說。

許多法國作家也擅長描述秀蓮所針對的主題，即其所生之地，平平無奇的大街小巷，日常的集市，及其底層小民。Henri Calet（1904-1956）寫的 *Le tout sur tout* 或可譯為「全之全」[1]；另一本 Jacques Yonnet 之 *Rue des Maléfices*，中文即「巫魔的街道」[2]，都可與秀蓮的文章對照來讀。中

---

1 此書描寫一九〇五至一九四八年的巴黎，尤其是作者出生地的第十四區。注重普羅民眾、小商人、手工藝者的生存之道。

2 此書背景是四十年代德軍佔領之下的巴黎，作者將現實與想像融合起來，組成似真似幻的短篇。

法作家相同的是對巴黎的情有獨鍾，而大相逕庭的在於一方歌頌巴黎，讚美人間天地；另一方刻畫窮困悲慘的花都，人性之惡。安徒生的《冰雪皇后》中，魔鬼打造了一面魔鏡，當它粉碎下落，紛紛碎片碰觸到的人，就變得像男孩加伊一樣，冷酷無情，再無仁善。秀蓮該屬於少數幸運者，沒受到魔鏡碎屑侵襲。所以，美與善，永遠驅逐了醜與惡。

作者追悼故人的文字，總使我覺得好像就此認識了被悼念的人。如前一文集中，憑電學知識有求必應地助人的堂姐夫，誨人不倦的譚福基先生，知名與否，都讓人恨不能相識。至於對其恩師余光中的緬懷，字字發自內心，華實過於藻麗，感人肺腑。本文集中有兩文追憶余師母，文筆一以貫之，記其生前：

> 師母更因雙手靈巧，懂得設計及編織中國結，在台灣享負名

氣，成為專家了。《玉石尚》是她的著作，圖文並茂，把古玉與中國結美麗地結合。

數言點出其個人的藝術成就，再及其慷慨性格。作者述完鑽婚故事，讚美道：

珍珠項鏈的綿綿情意，溫潤完美地留在文學史裏。鑽石戒指的璀璨，不曾閃耀在她的指間，卻長留在原居民的心田。

作者赴高雄旗山，向師母告別，寫下安厝骨灰罈的一刻：

木魚輕敲，梵音響起，檀香浮動，觸動了西方極樂的聯想。余教授骨灰位的門本應緊閉，此刻卻打開了，啊，多麼體貼，多麼周到！讓我們親眼看見兩個骨灰罈並排，陰陽分割六載，今夕重聚，終於圓緣。……這靜室，暫厝了文學史裏觸動萬方的鄉愁，暫厝了甲子而永恆的恩情。

秀蓮不愧為余光中的高足，由寫實景，進入想像老師師母先後逝世，今又重聚之終極圓緣，亡者同安息再無遺憾。悼文至此極圓滿，可點上句號了，但作者遐思不止，向亡者情愛永存之境飛去：

這靜室，從此於無聲處，會有悄悄情話，別人無法聽見，他倆卻說個綿綿無盡。

拳拳且眷眷，師生之情千古矣！

本文集中許多值得細細研味的篇章，筆者於此不再贅言。秀蓮的散文已創出一己的風格，簡言之，詞彙豐富絢麗，善用排比句法，如「校舍有情，菁莪樂育，讓孩子俯仰其中，琢磨品格，切磋學問，磨礪意志」屬於一種相向相聯的對偶，重筆突出意義。再舉同一文中的正反排比：「分明知道這建築存在偏又未窺全貌，似曾相識偏又印象朦朧，似在近鄰偏又陌生，似乎高不可攀偏又俯視鳥瞰，如今雖然一知半解，總算一睹廬山。」運用一正一反的相背句法，展現作者所「撼動」之因緣。此類修辭法在文集中不勝枚舉，形成作者的風格之一。

文章優美雋永，固然來自於深厚的文學修養，個人認為秀蓮尤其深諳「文質附乎性情」，是「為情而造文」，非「為文而造情」者。猶如《文心雕龍》所言：「文采所以飾言，而辯麗本於情性。故情者文之經，辭者理之緯；經正而後緯成，理定而後辭暢，此立文之本源也。」

拙文天馬行空，掛一漏萬，不守傳統序文規矩，尚請作者與讀者海涵。

1 獅山下

2 舊時意

3 人間事

4 客途中

5 藝文扎

1 獅山下

幾回踏過雀仔橋

雀仔橋（Bird Bridge），是一道用麻石砌成的橋，麻石堅實，內蘊了一種永恆的力量，石塊疊着疊着，就把地老天荒的感覺疊出來了。果然，雀仔橋經歷了一百七十年雨打風侵，到如今，神貌不改，安穩如故，而橋的對岸卻物換星移了。據云雀仔橋在香港開埠之時已建成，其實它本是一彎堤道，連接海員醫院，而對面的皇后大道西原為海旁馬路。這堤在颶風襲港狂風怒號之際，抵擋洶湧波濤，怪不得以麻石為建材了。後來填海擴建，皇后大道西不復是水之湄，堤道已失卻防波的功能。只因其外型略似橋，故稱之為橋，構圖是兩條上揚的直線，交會於制高點，那一點，狂瀾闖不過亂濤打不進，是為橋頂。而基座則呈弓形，微微凹入，於是整座橋既彎又直的線條美就凸現了。

這橋，位於西環，名為雀仔橋，遊目四顧不見雀仔，耳聽八方不聞鳥鳴，名不副實，難免令人費解。據說在許多年前，橋的後方不是高樓，而是嘉木，一片翠色，晨昏朝夕，雀鳥飛來，啁啾呢喃，鳴聲不絕，因以為名。總之，雀仔橋名字起得好，親切易記；至於雀仔，偶爾也有一隻兩隻，在我們頭頂掠過。橋頭景色，動人處，一是橋型優美，二是古橋燈月，三是那株抓住石牆的老榕樹，以極高難度的姿態生長，蒼鬱挺拔，分明是昂然於天地之間的氣概，卻又萬般溫柔地撐起一傘濃蔭，給路過的我們片刻清涼。

雀仔橋風雨不動，牢固如山，可是那時候，走在其上的我，偏似無根之萍、不繫之舟，踏步橋頭，忐忐忑忑，一顆心竟無着處。

我長居深水埗，究竟是甚麼因緣把我領到港島西邊的雀仔橋？"Sixteen Going On Seventeen"，是一首輕鬆甜蜜的流行曲，十六七歲真是大好芳華。當年我這預科生，比十六七歲大了一丁點而已，正等待大學放榜，前途未卜，憂喜不定。面前有三條大道——護士學校、師範學院和中文大學，總不能孤注一擲只考中大吧，便跟其他同學一樣，到處投石問路。橋畔的東華醫院早已營辦護士學校，入學的起碼條件是中學畢業、年滿十八歲、身高五呎、體重九十磅，真是恰巧，我居然不多不少地剛剛達標，若是加入醫護行列，可謂合符天意。

一連串手續在暑假進行，舉凡遞交申請表、面試、驗身等，都要踏上雀仔橋。從橋的這端緩緩登上微微坡度，到了最高點，往往停下腳步，眺望遠處，對面是皇后大道西的樓房，樓下多半是藥材店舖，店舖門面都實而不華。馬路上車馬不絕，市聲盈耳，我佇立一會兒才徐徐步下橋來，往前走，往位於普仁街的東華醫院去。這一道雀仔橋，會是生命裏的重要橋樑，把我領入消毒氣味瀰漫的醫院裏去嗎？升學問題困人，五內如波浪翻騰，只怕枯立橋心，但登不上兩岸。

後來收到回覆，東華醫院着我註冊入學。立在升學交叉點上，彷徨、遲疑、憂慮，最終我攜着一封自願放棄入學的信，再次踏上雀仔橋。唉，我這長安道上的學生，心情矛盾，步伐遲遲，數番上橋下橋，費了氣力，卻回到原地，所為何事呢？其實投考跟放棄，都是正確的。認真地投考，是給自己機會；無悔地放棄，是明白到自己的局限。歷程中自有鍛煉，長路古橋，不見得是白走的。雀仔橋，始終沒有成為我人生的轉捩點。

數十年後，我立在橋下，左顧右盼。昔日故衣店林立，舊痕往跡猶清晰可尋，如今已換了風景，只見彩店高高掛滿了燒衣用的祭品，仿製的紙紮名牌手袋居然似模似樣，那種與時並進的靈活，真是香港精神的反映。

這兒也是藥材業的集散地，批發店內可謂洋洋大觀，藥材或成捆或大袋，如山如林，聚了四方採來的良藥；零沽店把藥分類或組合，分成小袋，林林種種，只要適切用藥，自可回春。我暗暗思量，西環連接中上環，同脈一氣，足有條件成為藥材業的重鎮，更何況東華醫院傍在橋邊，醫院前身為中醫院，為貧病老弱贈醫施藥，多少也推動了藥材業。直至一八九四年鼠疫爆發，附近的太平山街是重災區，政府便逐漸提供西醫治療，執行衛生條例，推動衛生教育。東華醫院在這契機下亦轉型為西醫院，仍保留了中醫服務。

橋的這端本通往海員醫院，醫院已改建為西營盤賽馬會分科診所，服務坊眾。橋的那端依然領着走往東華醫院去。那麼這端那端，都連接扶困救病的醫療機構，百多年來，多少病人給扶着，踏過橋頭。正因病苦，更見關愛。橋上石蹟，雕痕歷歷，見證了香江歲月。

一個地方，有診所，更有醫院，表示社區大致成熟，居民可以安心樂住。這片土壤，是宜居之地了。一道橋，防波任務已成，歷史使命永在。

西環這地方，情味濃郁，古意盎然，莫不是老城風光，是給這道雀仔橋地老天荒慇懃守護着嗎？

二〇二一年十月

幾回踏過番仔橋

燈昏影雜南昌街

南昌街，通衢大道，車水馬龍，縱走於深水埗，南達西九龍走廊，北接龍翔道。南昌之名，猶如山東街、通州街、蘇杭街，低訴中國鄉愁；另一端的牛津道、劍橋道、蘭開夏道，亦瀰漫着英國鄉愁，可見思鄉之情，不分國籍，各有懷抱，人同此心。

南昌街與汝州街交會，再延伸到長沙灣道那一段，每逢入夜，店舖打烊了，拉下鐵閘，本應空寂的騎樓底，反而熱鬧起來，如夜墟，把城中一角已深沉的夜色照得半昏半昧，掩映微明。放眼望去，只見街燈之下，另有光芒，一焰一焰朦朦朧朧的漾開，而人影錯雜，三五而聚，把燈花圍住。夜，先天就有股神秘氣氛，何況燈火迷離哩，南昌夜市，情調尤其魅異迷人。

南昌街的茶樓商鋪，白日昌盛；夜市地攤，生意獨特，百業中唯務兩科。攤主並非引車賣漿的小販，無實質銷售，有專業經營，其外表看似民間草莽，其實腹藏技藝，為客看掌相，與君鬥棋技。尋常百姓一時興起，會在星月下追逐燈光，來到南昌街這另類文化區尋訪高明。

看掌相，古已有之，術士俗稱「睇相佬」，身懷子平之術，學得相人之能，一技傍身，流浪江湖，只求茶飯。相中南昌之旺地，趁着月華，擺下地攤，招徠欲求指點迷津的顧客。所謂：「機藏休咎榮枯事，理斷窮通壽夭根。任你紫袍金帶客，也須下馬問前程。」人生中最難勘破者，無非榮枯壽夭而已，若能早着先機，或可趨吉避凶，那麼區區相金，又何足道哉？難怪燈火晃動，除非風雨交加，否則那點點光芒總點燃到迷茫月落。

猜想起初是三兩個攤子而已，漸漸有點生意，其他行家自然跟風，陸續潛來，於是騎樓底從一邊到兩側，從路旁這頭到那頭，鱗次櫛比，成行成市。攤主施展實力，各有顧客，相鄰相挨，互不相干，成為小小的南昌夜市、窄窄的民間文化路了。

相士把鏡架傍在牆邊，等如豎起招牌，寫明相金若干，亦有把相書所畫的面相圖掌紋圖鑲於鏡框，以便解說。所謂地攤，名副其實，隨地而擺，佔地甚小，相士與客對坐小板凳上，客先坐定，正襟端坐，不可亂動。原來農村夜裏捕捉田雞，只要用燈光直射，田雞頓時不能動彈，恰像提燈看相未敢妄動之片刻，故此把看相戲謔為「照田雞」。

相士提起火水燈，焰火微微搖晃，就着光，把面容、掌紋端詳良久，審視一番，才贈君良言，批論前程。相士標榜能知過去未來，預言將來，當下誰都無法驗證，但是說過去，或會不符事實，可是相士擅長口才，善觀神色，有本事把說得不準的話，連忙兜住，及時補充，或者巧言把話說得模棱兩可。顧客中不乏女流，基於女性心理，一定結伴同來；鬚眉則喜歡獨來獨往，靜聽玄機。

鬥棋技，則不論顧客抑或旁觀，清一色是男性。弈棋文雅，講求理性，有君子之爭，無街頭之霸。善弈者在地上擺下白底印上紅線的棋盤紙，紙張已舊，摺痕斑駁，偏又紙質單薄，怕給風吹翻，便用小石子鎮住四角。火水燈或者大光燈，照亮棋局，弈者常常讓客三子，顯示自己有力追回；而顧客在承讓下依然敗北，也輸得心服口服了。有時高下立判，不消幾個回合已殺得落花流水；有時久戰不休，難分難解。對弈一局，好像是兩三元，約等於一張戲票。主與客，勝負難料，誰敗就誰放下銀兩。設下棋局，賴以維生者，當然棋藝深厚，不過偶遇高手，也會敗陣。而圍觀的老中青，或立或蹲，凝神斂息，見下錯一子，棋差一着了，只有焦急、惋惜，要做到完全超然局外恐怕不容易，何況是浮沉困局當局者迷哩。觀棋多了，除了從觀摩中領略下棋心法外，對棋術風雨變幻以至得失成敗，是否體會得更深切呢？

夜深，相了，棋罷，人散，倦極的南昌街也沉沉入睡。

掌相與弈棋，源遠流長地流淌於歷史長河，深深淺淺地刻印於中國人的思想裏。曾國藩精於相術，日記中記載了相人的口訣：「邪正看眼鼻，真假看嘴唇；功名看氣概，富貴看精神；立意看指爪，風波看腳跟；若要看條理，全在言語中。」徐志摩儘管是留學英美的紳士，相當洋化，依然偶爾以相學來品評人物。我大哥少年時代曾去南昌街「照田雞」，看掌人說：「你雙掌有旗，即是你有本事扛起大旗；你這一生，不管走到哪裏，都是當領袖的。」大哥年已古稀了，這番預言果然應驗，可見掌相之學，並非盡是無稽。

相士測前說後，弈者棋局交鋒，一席地攤、一盞孤燈、兩張小板凳，毫無背景，不藉宣傳，只憑專門功夫，單打獨鬥，顯露身手，箇中自有其本領。坊間濟濟之士為了謀生，舌燦子平，弈棋揚藝，把中國傳統俗文化融入香港市井圈子裏，口耳相傳，代代相承。如今廟街仍有看相的夜市，格局已變，有檯有凳，不再席地，少了草根而不失志向、貧寒而力爭上游的奮發氣息，至於攤子首尾相啣之盛況當然不復了。自從電視普及後，燈影黯淡，顧客稀少，境況冷落，南昌街這一段燈月交輝的文化風景，在難測的天機下零星落索，最後歸於湮沒，如一局殘棋。

二〇二一年七月

地標依稀風雨間

地標，多似燈塔，總是巍巍然昂揚挺立，讓歧路迷茫的縱目四顧，驀然舉頭一望，呀，遠在天邊近在眼前哩。孩子容易迷路，家人總會指點地標；遊客不辨西東，但只要認出地標，方向感就浮現，不會錯蕩了。曾經識途卻久未訪舊，一見地標猶在，找到風雨之下磐石不移的定點，一顆心頓然踏實下來。儘管雨蝕風侵，建築老舊，然而舊夢有所依託，目標在望，且行且欣而忘倦了。

年青一代或以金紫荊廣場為香港地標，其實，大會堂、山頂纜車站、灣仔三角紅磚教堂、尖沙咀鐘樓、天星碼頭與海運大廈間的五支旗杆……

早已藏在老遠的記憶裏。

地標宛然，隔着重重風雨呼喚着我童年的，是嘉頓中心，位於深水埗青山道。那年頭孩子多半儉學，讀中學時步行返校，走過大埔道然後石硤尾，遙遙望見白雲下嘉頓那鐘樓，亮紅耀目，指針報時，提醒路人。我忙忙加緊腳步，出門前總拖拖拉拉，時間管理是我最大弱點。且說嘉頓這時髦建築物，直角兩邊立面一紅一白，凸顯那漫畫筆法的廚師，戴高帽橫兩撇鬍子，這商業標記成功地觸動了美食聯想。

嘉頓「生命麵包」，營養衛生，塗牛油、花生醬，已是豐富美味的早餐，滋潤了幾代香港人轆轆的飢腸，那藍白格子廚師商標蠟紙包裝，則共同視覺味覺回憶矣。遠見嘉頓與及後面隱隱的青山，麵包親切的香氣恍惚飄來。原來抗戰時嘉頓連續七天日夜不休生產餅食來勞軍，二戰又提供防空洞裏的軍用餅乾，後來廠房遭日軍搶掠、破壞，復產後配合政府公價措施，麵包五角一磅……品牌九十六年了，麵包入口鬆軟，誰記起苦澀的歷史沉澱？在太平盛世吃生命麵包更覺歲月靜好。這地標據說或維修或重建，不過廚師標記及鐘樓總會聳峙雲間的。

「嘉頓有落！」紅色小巴往來佐敦至荃灣，到了青山道，乘客經常如此揚聲。司機放慢車速，靠路邊停車落客，流暢如水，準確如鐘。香江歲月的節奏叮噹明快，自開埠以來就一路響叮噹。

水泥鋼筋撐起了巍峨，可是地標之所以感動路人，還需要既苦亦甘的集體回憶，還需要裏頭透出暖香。

二〇二二年六月

英雄被困筲箕灣

「英雄被困筲箕灣，不知何日到中環？」這兩句慨嘆流行於昔日，是苦於東區交通不便，抑或落泊江湖而自嘲，甚或是黑道人物的「背語」呢？總之充滿了港式幽默，諧趣之餘，亦反映現實。把陷於苦困、振翥不得的都說成英雄了，小市民聽罷，怎能不會心一笑？怨氣消了一點點，接着仍是漫長的等待。電車會慢悠悠叮叮然而來的，雖然已是望眼欲穿；車龍始終會向前移動的，儘管路長人困……

長安道上，誰不趕路？奈何車行如蟻，英雄氣短。直至八十年代港島地鐵通車，加上東區走廊落成，樽頸終於突破。

我曾在非繁忙時段於小西灣坐巴士往大會堂，車程僅十二分鐘。小西灣比筲箕灣更遠，位於東隅，一八七六年（清光緒二年）建的哥連臣燈塔就在此地山丘之巔，迎接最早的晨曦最初的月照，一葉漁舟或遠洋巨輪，都在燈塔光芒裏安全進港。水深港闊，基建完備，海上貿易港的地位便奠定了。筲箕灣開發尤早，明萬曆年間刊行的《粵大記》沿海圖已標示「稍箕灣」。其灣圓，似筲箕，可避強風，於是小艇篷船搖櫓而來，鱗次櫛比，一派漁港風光。怎料海盜猖獗，港督麥當奴派警駐守，擊退賊患。

筲箕灣山頭蘊藏優質花崗岩，開埠時已有惠州客家人來此開山採石。二戰時內地難民湧至，在山邊搭建木屋，聚居為十三條山村。吾友幼時居此，竟有大蛇潛入木屋廁所，蜷睡冬眠，家人不敢將蛇打走，唯有當作無事，待蛇睡飽了，會無聲無息消失，翌年復至。朋友出人頭地了，可憐他妹妹給嚇得神經衰弱。窮等人家的日子，真是苦不堪提。後來聖十字徑村木屋大火，新建的公屋、居屋高高盤踞山上，俯望幽隱山下的聖十字堂。

中小學相繼建校，興學施教，琅琅書聲，如簾下乳燕清啼。七十年代《讀者文摘》及三份本地報章都搬到筲箕灣，印刷機軋軋然傳遞中外資訊。筲箕灣不止漁穫、石礦了，弦歌與墨香縈繞山間。

只要有遠景有毅力，總能衝破障礙吧。東廊架空昂立，巴士上層居高，四輪疾走，五行無阻，讓我有坐在飛毯的幻覺，竟然片刻之間就到了中環。

後記：據電車網頁說當年日軍襲港，只餘下十二輛電車能夠服務，且只行走於銅鑼灣至上環街市，所以「不知何日到中環？」乃市民渴望有重光之日。原來押韻的打油詩刻印了歷史沉重感，悲情地把三年零八個月的淪陷歲月吟哦。

二〇二二年七月

攤檔立根寸土中

香港攤檔，其實是獨立的鐵皮小屋，高不過八呎餘，佔地僅有寸土，格式整齊，領有牌照，立根舊區，從開埠至今已捱過百餘年風雨了。從上環到筲箕灣，由荃灣到觀塘，仍有攤檔五千，抓緊原地，咬住土壤，在歷史洪流裏，見證着小販生涯的掙扎與尋常百姓的低消費。

攤檔植根旺地，街頭巷尾之間，坐擁方寸之地，尺寸劃一，外型方正，設計簡陋，四塊鐵皮再加頂蓋，鐵枝攔腰，扣上橫閂，合乎規格的固定攤檔立即成型。從前一律髹上墨綠色，沉實不華，較經得起歲月磨蝕，如今偶然也有繽紛色彩。六七十年代是攤檔盛世，數目接近四萬，那時沒有大型商場，市民又普遍貧窮，出售廉價物品的攤檔最受歡迎。路旁購物，古已有之，熙熙攘攘，似是承接了北宋張擇端《清明上河圖》的風光。

一條大路，樓上民居，樓下店舖，卻在馬路兩旁對稱地佈下攤檔，做成舖外有檔，於是馬路窄了，營商面積則大為擴充。佈局有其心思，主題不乏鮮明，春秧街集中食用，鴨寮街售賣音響與電子產品，文華里紛陳圖章。攤檔接近車流人流，佔了先機，但檔次跟店舖不同，各有客源，密集供應招徠人流，亦不失為共生形態。

當年政府為小販創造了機遇，申請牌照而獲批者，只要恪守條例，哪管學歷有限，資本微薄，寸土狹隘，總之有「恆產」就有「恆心」。曙色未露，賣蔬菜水果的已摸黑到菜欄果欄，然後木頭車快人一步推着希望回來。最教人動容是全家上陣，媽媽胸前掛藍布錢袋，一面買賣，一面反手哄拍孭帶裏的嬰兒。二三小童挨近媽媽，低頭在水果木箱上做功課。攤檔養大一窩孩子，市聲譜寫香江故事。

攤檔儘管會多擺些籮筐，還兩支竹竿撐起臨時簷篷，然而亂中有序，不失分寸。攤戶之間盡量包容和諧，安分守己，少生事端。那年頭忙於奮鬥，懶得無謂爭拗。廉政公署成立後，社會重視廉潔，欺壓攤檔的種種漸漸減退。法治點滴，沁透人心。

攤檔，頑守寸土，據地謀生，自成風格。卑微而堅韌，細小而英勇，不嫌空間有限，反而靈活善用每一角落。浮生百態，潮流風尚，拼搏精神，法治氛圍，無意間都融入攤檔風景裏。

二〇二二年九月

擺檔立根寸土中
同生
押

盲人工廠盲公繩

月前滙豐首位華人大班鄭海泉逝世，據報道一九七一年那場盲人工運由他統領，運籌帷幄，折衝樽俎，終於寫下史詩式悲壯的一章。近日得悉盲人工廠重建，過渡期搬入屯門之議已改為遷到市區坪石邨，且有專車接送，可是巍峨新廈落成後，盲人生計未知若何。兩則新聞如紅白拄杖篤篤敲地，共振起歲月回聲。初入政府工作，聽見同事稱文件繩為盲公繩，才知道這是盲人工廠標誌性產品，香港只此一家，政府一直訂購供各部門尤其是考試局使用。呀，我在預科時代曾有一年服務盲人工廠，居然不識盲公繩。

盲人工廠位於土瓜灣木廠街十九號，建於一九六三年，三層高三立面的建築是宿舍也是工廠。那時聖母軍差遣我每周去盲人工廠一趟，為應考中史的學生唸教科書。失明的主管領我到書房，書房寬敞明亮，黑色凸字打字機與大疊白紙整齊擺放桌面，那考生已端立恭候。他大概二十歲，住宿舍，在深水埗利瑪竇夜校讀中四。他禮貌周周，必定迎我入書房，送我出正門。「中文科必考，也需要我讀嗎？」「謝謝，中文課本已製作了。」他很快就適應我的語速，彼此合拍，琅琅書聲立刻轉化成打字聲，凸字撻撻壓在特製厚身紙張上，要是打錯便用小木棍把錯字壓平，放回捲軸再打。凸字本會再製作，塑料傾注紙上，加熱再冷卻，即能複製，其他考生便能人人一冊。從堯舜禹湯到乒乓外交，盛衰興亡點點凸顯紙上，他對史實之稔熟，也凸顯摸字讀史的苦功，數年後他考入港大。

工廠從前只製造啤酒木箱、老鼠籠、地拖，七十年代年產一百七十萬把掃把，創下亞洲紀錄，工友還扛起掃把自己送貨。近年得儀器輔助，盲人學歷提升，工種擴闊，產品與服務都多樣。至於那生產盲公繩的機器，前端是鐵手臂，先把金屬扣一左一右放入槽裏，手拈綠繩，腳踏啤機，拉動綠繩穿過金屬扣，切斷即成。試場中考生若要加紙，全仗綠繩扣連考卷。每用繩扣，我總是手勢敬慎，只因這亦剛亦柔的繩扣，穩穩扣住了盲人不敗於黑暗的志氣。

二〇二二年十一月

車衣女工今何在？

製衣業的生產依次是紡織染縫，我打工生涯的起點剛剛落在下游風景的盡頭。小五六暑假都在親戚開的山寨廠剪線，廠房小，剪線這等閑角唯有隨處坐。工廠因應實際操作而佈局，因陋就簡，吊扇和座地牛角扇儘管風力強勁，可是火熱的熨衣部必定臨窗來散熱，裁床最需要採光也憑窗，崗位全由男工負責。車衣部設在另端，光管低垂，成排女工踏着風火輪，狂奔呼嘯。聽慣了車聲，能分辨出是在直路飛馳，還是要來個轉折。直線筆直，轉角順溜，夾位圓轉，銳角如襯衫衣領的燕尾，弧度如肩膀之間，都在扎扎車聲裏縫合得針步匀稱。車好的衣物流水般滑落她們身邊的木箱，木箱由虛空而滿溢，管工會來當面點算，雙方記錄，公平地印證了多勞多得。

朝九晚五並不屬於工人，製衣廠八點半就開工，男工先上茶居一盅兩件，或去大排檔吃腿蛋治。女工只買個新鮮出爐的雞尾包菠蘿包，喝點水，時間一到即整理衣車桌面，微側着頭檢查車針線轆，啪啪啪啪，按動電掣開工，寸陰是惜。她們眼神專注，心無旁鶩，手腳配合，細針密縫，製造出高效率和高分貝。我坐在角落，暗暗讚嘆那股拼搏。生產線長江水一樣湧到我的膝蓋，不敢怠慢，忙把線轆奔騰而來的多餘痕跡剪掉。

從五十年代到八十年代初，製衣工廠之數量、僱用人口、出口總值皆冠於製造業，成為龍頭工業。風起雲湧，需要龐大的勞動力，克勤克儉的女工迎浪而上。她們多半小學畢業，深明「搵食」之道，於是練得手勢麻利。懂得儉樸之理，自攜飯壺，穿廉價衫褲。午飯休息才看《明燈》、《銀燈》等報紙來娛樂，奉陳寶珠為偶像，跟擁戴蕭芳芳的書院女對壘。放工後或趕回家燒飯帶孩子，或趕赴兼具婚姻介紹所功能的夜校，好物色上進男兒。糧袋則奉獻家庭，挑起了一家擔子。

八十年代後工廠北移內地，大江東去，女工只好轉型，不少對車衣生涯仍依依懷緬。可幸是青春全都匯成洪流，車衣女工這優質「嘜頭」早已行銷海外，且深深鐫刻在香港繁榮史上，真箇是一齣陳寶珠的「彩色青春」。

二〇二二年十月

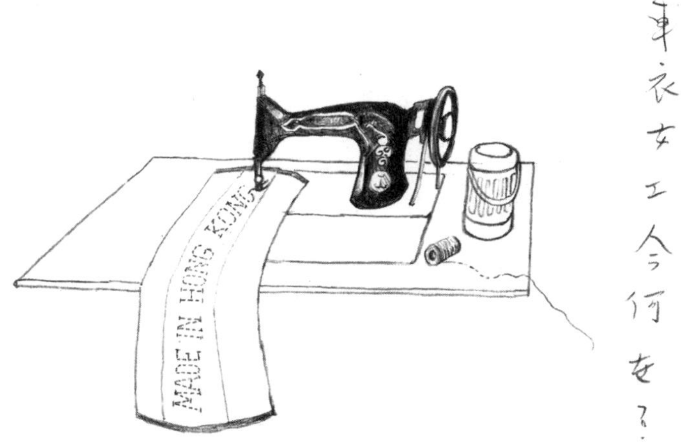
MADE IN HONG KONG
車衣女工今何在?

屯門有路何愁遠

屯門，真有遠在天涯之嘆。然而西鐵興建，後來再發展為屯馬線之後，呀，此際，由港島東，馳金鐘，拐紅磡，奔屯門。地鐵疾走，車行如箭，十足古代西域的驃驥快馬，驍騰橫躍，爭先奪路，「風入四蹄輕」，西邊風景立地給拋往後面。一站一站廣播聲揚起，到站，門啟門合，都在瞬間，正好稍解我急於探病的焦慮。市鎮開拓，不少高樓拔地而起，挨肩靠背卻未必雞犬相聞，窗外偶有田園風光，一片綠油油映在午後斜陽。我覺察到自己有點緊張，緊張委實於事無補，便連忙放眼望向遠方。

不過一句鐘多一點，即達終站前一站兆康，腦海浮起地圖，千里之路，從東往西，更要跨海，本應兼程，顛簸於途，如今忽然輕捷，驅馬馳騁，無遠弗屆就把我送到位處西端的屯門。未及讚嘆，電梯不過一層，直降地面，輕鐵站赫然十步之外。西鐵轉輕鐵，竟在咫尺之近，方便得沒親眼看見實難想像。一輛輕鐵剛好抵站，乘客進出，架空電纜下一抹銀影倏然掠去，旋即駛來另輛再另輛，驛站走馬，頻來密往。輕鐵或一卡，或鈎子再拖一卡，似當年電車，指導員立黃線外慇懃提醒上車位置。原來兆康乃大站，雙軌雙向，貫通東西，連接南北，車頭三位數字顯示了多條路線，支流密佈，把乘客送往方圓之內，我這遠客為之眼界大開。

赴屯門醫院只一站，隨人流踏過窄窄路軌，僅二三十步已至彼邊醫院大門，路程短短，設計可謂精心。躺臥床上的好友，吸着氧氣，依舊談笑自若，不改巾幗氣度，我略略寬心。先問病，再聊天，盤桓良久了，只怕病人疲累，終於告辭。

上車拍卡橘色機，下車拍卡綠色機，沒有旋轉閘口的輕鐵另有收費方法，八達通則五行無阻。在陌生環境我顯得格外留神，把方向、付費、病床資料等記緊，其實，只要心意所至，即使跋涉也會不辭，更何況香港的交通網絡如斯緊密便利，遊西蕩東，闖南走北吧，莫辜負鋼輪敲擊鐵軌之鏗鏗。洪水橋幼年曾訪，天水圍尚未一遊，深信「所向無空闊」，「萬里可橫行」。

二〇二三年五月

寶靈街頭憶鞋匠

寶靈街依然一派佐敦「女人街」的風味，放眼看去，兩旁都是墨綠鐵皮小攤子，擺賣衣物，搶眼的顏色，親民的價錢，充滿民生氣息，把街景點綴得熱鬧而可親。

從彌敦道轉入寶靈街即地鐵站口，昔日幾幢戰前舊樓相連，低低矮矮灰灰黑黑，記錄了舊時痕跡。每逢我打這兒走過，明知磚瓦灰飛煙滅了，卻總在對面街角停下腳步，仰起頭來，把那位置多看幾眼，才帶着幾分惆悵離去。

朋友說舊樓裏頭有一家訂造女裝鞋的工場，趁着下班之便，登樓尋去。踏進樓梯猶如踏入舊時歲月，地板跟扶手同一石材製造，梯間轉折處窗戶半開，光線透進，空氣疏通，電燈泡也亮着，微微地昏暗。三樓大門敞開，皮革獨特的香氣混着膠水味淡淡浮動。鞋匠坐近門口，製鞋輔助鐵工具立在兩腿之間。他本來低頭鎚着釘子，抬頭見是生客，便輕輕招呼，說隨便看看，又再的的篤篤忙着。房子樓底高，有七八百呎，打通了更見空間寬裕，當時「山寨廠」已日漸零落，難得遇到這番風景。騎樓闊大，採光充足，幾個師傅就着天然光，或拉鞋幫或釘釘敲敲。

工場總不免有點凌亂，牆壁上幾組直角臂，加長條木板即成層架，簡陋而開放地儲物。一面牆堆滿木鞋楦，另一面則履底皮革、履內鞋墊、塑膠鞋踭等，亂中有序。他叫我先從架上挑選皮料，再選款式，價錢一百五十。我初出茅廬，收入有限，卻又喜歡添置衣服鞋襪，那時意大利鞋起碼四五百，如此實惠的消費最適合我了。真皮不會很大幅，皮料捲起，繽繽紛紛，目不暇給，我一眼瞥見多塊麂皮料子，憑眼緣就抽出二三。已做好的鞋子透明膠袋包着，整齊疊起，款式可資參考，比看相片更有真實感，至於手工優劣，更一目了然。

接着在紙張上畫腳形，左右腳都要畫，因為雙腳不會完全對稱。腳面厚度也要量度，凸顯訂造的好處。我坐在小木凳，讓原子筆繞着腳板走一圈，覺得新鮮有趣。鞋匠立刻剪下足夠做一雙鞋的皮料，又再剪兩小角，釘在雙方訂單上為記認，兩下功夫不費時，但已確保材料足夠，又避免了混亂生錯。訂鞋流程簡潔，亦流露出工場運作有其條理。

一個月後取貨，麂皮鞋子大小合度，皮質柔軟而感性地保護雙足，我踱步再轉圈，捨不得脫下新鞋，又在皮料裏挑選其他顏色。這工場的師傅基本功扎實，鞋樣簡單，但不能應付花哨款式，於是圓頭方頭一吋半踭，桃紅奼紫一雙雙訂造，來來回回，跟鞋匠便熟絡了。

有回遞上訂單，他看看日子便歉意表示未能交貨，請我一周後再來，怎料下周他一見我就跌足嘆道：「哎呀，趕貨趕死了，未起貨啊！」「不要緊，慢慢做，我在柯士甸道上班，順道上來而已。」便笑着而去。終於起貨了，我興致勃勃再做兩對，在訂單上他卻寫銀碼每雙一百三十，「為甚麼便宜了二十塊呢？」「黃小姐，你好相處哩，唉，趕不及交貨，其他小姐會罵人的。」一時間我感動得無言，沒想到一點點包容已博得鞋匠欣賞。回想半生，見我少發脾氣而趁勢欺負的大有人在，相遇而相知的竟是偶爾交易的鞋匠。我拙於表達，忘了當下可有致謝？可有讓他也有知遇之感？

兩三年後我轉職，少了走動。豈料有天新聞報道寶靈街舊樓石屎簷篷倒塌，沒有人受傷……正是工場所在那一列老房子，心裏擔憂，隔了個月便去看望。原來相鄰幾幢老屋都已給鋼鐵支架撐住，那幢倒塌的天花更用帆布封好，一副苟延殘喘的光景。工場幸而無恙，表面好像甚麼也沒有發生，大門敞開，皮革獨特的香氣混着膠水味淡淡浮動。只見鞋匠背立在那大堆木鞋楦前，要找些甚麼似的；其他師傅拿着鳥嘴鉗、鞋底錘、粗柄鑽孔錐子，各有各做，盛釘子的鐵月餅盒閑放地上，層架上的新鞋子不再堆疊得那麼高了。我問候幾句，察覺到鞋匠已給心事罩住，面上減了歡容。我又慣性地挑選麂皮料子，到了取鞋時，本想問問工場的未來，又不敢啟齒。這兒空間寬闊，地鐵就在樓下，優勢哪可再得？且師傅全都上了年紀，繼續經營恐怕難矣。

這是最後一次見鞋匠了，當時是九十年代初，那批鞋子都已破損於崎嶇人生路上，一雙也不存了。

電影《歲月神偷》任達華一釘一步之認真，教我懷念起鞋匠。蹲在巴黎跳蚤市場地攤瞥見陶造鞋匠公仔，立刻伸手撿起，眼明手快如選麂皮料子一樣。鞋匠有手作本事，有本領推動工場運作，還懂得觀察和欣賞我這個客人，這樣敦厚的人物已消失了。如山的木鞋楦恍惚一道風景，把鞋匠身份與一生忠誠襯托。釘釘敲敲的的篤篤掩蓋了寶靈街頭一片市聲，微僂的背影在皮革獨特的香氣裏依稀浮動。

（寶靈街 Bowring Street 以第四任港督命名，也是九龍半島首條以港督命名的街道。）

二〇二三年八月

寶靈街頭憶鞋匠
福

紡紗聲裏

「看，珍姐就在裏頭。」頭上包着巾的珍姐就在打紗機器前，側着頭瞧我們幾眼，大眼睛示意小孩子快點離開。

這是我第一次親眼看到紡紗機器運作的情景。紡紗機器原來那麼巨型，吊鈎跟凹槽扣子之間的紗線，遠看如瀑布橫向飛動。廠房設在地下，幾台重型機器，轟轟嘈嘈，高分貝持續不斷，響聲震耳。那次我們在深水埗路邊走過，知道珍姐在打紗，幼稚地只想探探班，也不考慮到廠房重地不便參觀。雖然舉動很不懂事，然而門邊張望，卻窺見香港製衣業鼎盛年代的一抹光華。

珍姐是我家麻雀局常客，每周總來兩三趟，來時總是急急忙忙。在職婦女放工後又有一番忙碌，買菜、燒飯、洗碗……夠辛苦了，偏偏隨即趕來赴麻雀之約。從黃竹街尾來汝州街，一段路不長不短，再登上六樓，真折騰，怎麼能夠不遲到，又不露疲態，麻雀癮力量居然那麼大。

她已是四個孩子的媽媽了，年紀比同屋所有師奶都年輕一些，所以沒稱她為林師奶而稱珍姐。她個子特別小，雀友背後叫「矮仔珍」；她丈夫長得相當高，又說「電燈柱掛老鼠箱」，言語有欠忠厚，反映出雀局中人的文化水平與社交心態。

個子那麼小，精力竟然極之旺盛，小皮球一樣彈彈跳跳。她嗓門洪亮，一說話就劈里巴拉，爽快清楚，常常說到忘形就不自覺加上動作，內容一瀉直下，感情率直無遺。我這個小學生，只懂得欣賞學校裏穿長衫溫聲細氣的先生，凶巴巴的先生一律大聲，故而很怕人家嗓音大，沒想到那一幕令我對珍姐的觀感改變了。原來她做了銀會，會頭逃之夭夭，一筆辛苦攢來的錢，「不是冤枉來，竟然冤枉去」。說到會頭竟是自己契娘，道：「唉，以後左手也信不過右手了！」兩掌攤開，莫可奈何，萬分懊悔，言語裏無一字咒詛。連自己親近信任的人也來騙財，她得到教訓，有了感悟，這個真不容易。她低起頭，察覺襯衫上黏了一二縷紗線線頭，便用拇指與食指拈起。其實她頭髮、襟前、褲管常黏着如絮的線頭，留下了職業的痕跡。過去打多少紗線才打到積蓄，將來又打多少才重新積聚？可是雀局不容等待，誰耐煩聽你細說，麻雀從白鐵箱倒出來了，但見她苦笑一下，便坐到麻雀枱，雙手交叉把麻雀推得均勻，接着大眼睛全神貫注在眼前十三隻麻雀，以及上下家對家出牌了。雀友吆三喝四，牌起牌落，雀局熱鬧而無情地把憂愁壓下去。

同屋孩子稱讚珍姐煮麵特別好吃，有個禮拜天下午我居然大膽請她煮給我嘗嘗，她朗聲答應。嗒嗒扭開石油氣，水滾落麵，長筷子撥弄，把麵抽高再入水，倒入碗，瓦砵裏剔點豬油，加生抽熟油，撈幾撈，香氣噴噴的遞給我。豬油溶解了，麵條潤澤有光，油香四溢，我連忙道謝，她只說：「趁熱吃。」

好幾年後，珍姐忽然消失了似的，跟珍姐最熟的師奶吐出真相：「林生有事！」指指頭顱。「珍姐連工也辭了，二十四小時照顧，準時給林生吃藥，外出也寸步不離跟着，怕他錯蕩走失了。唉，真是好老婆，難為她。」林先生甚少來打牌，他長相敦厚，沉默寡言，看來不似受了重大打擊，怎麼會精神有問題呢？有甚麼異常表現呢？難道是遺傳？政府診所一定會轉介精神科，按時服藥起碼可控制病情，不過，這種病最令人揪心。

師奶、母親與我去探望，他們住在大埔道與黃竹街交界，大埔道車馬喧鬧，黃竹街盡頭翠巒橫亙，鳥鳴上下，鬧市中難得怡人風景，最合靜養了。房間裏丁字型放了兩張碌架床，夫妻跟四個孩子也夠住，憑窗斜望，山色如黛，透着寧靜之美。林先生依舊安安靜靜，算不上呆滯，珍姐聲音支撐了大局。夫妻倆一高一矮，一動一靜，性情互補無間。尋常夫妻，焦慮困厄中，恩情更似紗線，綿密柔韌。

林先生痊癒後，珍姐轉型做陪月，事實上紡紗廠已經絕跡了。幾年後我大學畢業，想在附近租房間，珍姐聽聞，一片熱心，四處打聽，接着帶我去看，不過我後來決定在辦公室附近租房。

兩年後我們抽了居屋，離開了汝州街那唐樓，昔日來往的麻雀友不知不覺中疏淡了。後來聽聞珍姐患了癌症，療養中人更消瘦，再後來知道她在不至於太受折磨下去世了，可惜僅得五十餘。她走起路來彈跳力強，說起話來響亮清脆，做起事來風風火火，甚麼都全情投入，生命力本是很頑強的，竟爾不享高壽。

日前路過大埔道與黃竹街接壤處，見青山依舊碧綠，翠色甚至比當年更濃，佇立良久不忍去。珍姐手腳痲利的給我煮豬油撈麵，汝州街那廚房滿佈油煙卻香氣瀰漫……人生相遇有其特定框框，舊樓環境湫隘，雜雜亂亂，互不嫌棄，相遇相扶，正因如此，貧賤之交的況味油然而生，久而猶在。

逝者如斯，香江歲月，紡紗聲裏，人事渺遠。

二〇二三年九月

古蹟隱於鰂魚涌

鰂魚涌，那麼富於漁村風味的地名，也許曾經水清魚肥，未及考據了。此地離我家只一個地鐵站，不意在最繁忙一瞬最熱鬧地段發現了隱世的三級歷史建築。

同窗海外歸來，短租在鰂魚涌英皇道，那天我先往聞名的粥店外賣，恰是正午，只見上班族萬頭攢動從商廈如涌而來，午膳的擠迫匆促濃縮為這商住區一景。店裏生意如涌，簡樸老派的裝修裏飄出粥的氣味，附近食肆同樣老舊，仍在舊樓地舖營生，沁出勤勞的力量。不遠處玻璃幕牆商廈數座一氣呵成連作太古坊，時尚優雅，更有玻璃天橋凌空。那橋，避免了人車爭路，行人從容就跨越車流，安全穿梭於商廈與地鐵。那不止是一道橋，更是一道風景，讓行人抬頭一望就驚艷於優質建材與時尚構建。此地混合了簇新與殘舊、街景與山色，哪知道，還有古蹟。

我拎着明火靚粥和「卜卜脆」油炸鬼，以為排隊得來的香港美食立刻成為疫後重逢的主角，怎知美食不如美景，甫一進門同窗馬上領着我到窗前，說要看大麻鷹。大麻鷹？市區不常見哩。聞言我有點忘形了，忙放下發泡膠盒，聽她指點江山。房子位處高層，常有大麻鷹窗外翺翔，還有蝴蝶翩躚，呀，蝴蝶竟能飛得那麼高！同窗從不誑語，我深信不疑，未見鳥蹤蝶影，卻見對面山丘黛濃翠鬱中，一座西式古典建築物幽隱其上，遺世獨立，超然物外，那究竟是甚麼地方呢？

山丘之下有小路，石階多級，坡道幾段，步道依乎山勢緩陡而建，路旁草木雜生，頗有野趣。柵欄橫在路口，重門深鎖，不知其中底蘊。建築優雅地隱世翠微，傲立青山，遙不可及。曾經漫步路過，抬頭仰望，只見大宅隱約外觀，不似此刻居高臨下，把神秘舊屋看得一覽無遺。眼前景觀寧靜，樹木蔚然，蒼綠含秀，靜景卻教我微微撼動，撼動於景色之美，撼動於與這建築相逢。分明知道這建築存在偏又未窺全貌，似曾相識偏又印象朦朧，似在近鄰偏又陌生，似乎高不可攀偏又俯視鳥瞰，如今雖然一知半解，總算一睹廬山，勝於坐電車巴士上層只見小路伸延而莫得古宅門庭。

「這建築物屬於甚麼年代呢？房子屋頂有杆，用來插旗，不似私人別墅。」「插旗的是塔樓，正正方方，四條柱，撐住塔頂，四邊通風。」「很舊，但是保養得很好，應該仍有人居住。」「神秘！」「建築對稱，兩邊高，中間低。」「呀，大麻鷹！兩隻！」麻鷹掠過，不能眼慢，不然麻鷹飛遠了。「壁畫最右邊畫了一雙麻鷹，寫實。」果然巨翼騰於畫上。山腳畫了一幅壁畫，色彩斑斕，內容概括了此區特色，我們站在二十層下望，居然連麻鷹也看到，真奇怪。「蝴蝶飛來了！」蝴蝶二三，粉色輕盈，不可思議地貼近玻璃窗前數次飛過。

奇異的喜悅瀰漫小室，差點忘記了靚粥不滾燙、油炸鬼不脆口了。地理系的同窗對大自然與人文景觀充滿探索的熱情，便一起網上搜尋資料。古建築本是前鰂魚涌學校（Quarry Bay School），或稱前鰂魚涌英童學校，建於一九二六年，已列為三級歷史建築了。學校一九八〇年搬往寶馬山，此地由社會福利署接管，改為培志男童院。後來又改作德育發展中心，歸香港青少年發展聯會轄下，並不對外開放。

怪不得了，這三級歷史建築分明在通衢大道之上，紅塵萬丈裏，卻因地勢略高，門禁森嚴，行人止步，不予公眾參觀，媒體不大報道，好像別有幽獨，原來另有抱負。

建築風格乃新古典主義，立面對稱平衡，富於穩重之美。主體樓高兩層，兩翼則樓高三層，其屋頂建有插着旗杆的塔樓。正門上方的石碑刻有拉丁文「Labore et Honore」，英文翻譯為「Labour and Honour」，即「勤勞與榮譽」。那麼，建築從落成開始已立下意向，奉行至今，「勤勞與榮譽」，榮譽來自勤勞，榮譽出於自力，並非天授，可謂發揚韜奮，激勵志氣。校訓崇高，對數十年前的英籍學童、繼其後的迷途孩子，以至世界各地的學子，意義同樣深遠。

「吃完粥，再去窗邊瞄瞄。」我們互遞微笑，拉丁文「Labore et Honore」已刻印在飯桌。車水馬龍，青蔥圍攏，百年舊建，古意盎然。古蹟用途數次變更，不離其本其宗，黌宮巍然，儘管不同年代入讀的孩子，膚色不同，背景有異，可是這是學習的好地方，校舍有情，菁莪樂育，讓孩子俯仰其中，琢磨品格，切磋學問，磨礪意志。所謂地靈人傑，朝嵐夕照，山中靈氣，與「Labore et Honore」會同刻印在孩子心間。

古蹟除了歲月悠遠外，其中蘊含的歷史變遷、文化內涵、貢獻範圍，同樣值得追溯與深思。今午何幸，既與同窗共聚，又與古蹟相逢在鰂魚涌，內心滿是奇異的喜悅。

二〇二四年一月

看，聽障者的剪紙

自動電梯把我載到出閘那層，正要離開西灣河地鐵站，卻遠遠瞧見剪紙陳列牆上櫃內，中國紅分外搶眼，玻璃透出喜氣，便趨前觀看。一看，眼睛發亮，一陣驚喜，暖上心頭，原來是聽障者的作品。右下角有介紹，他們在二〇一九年成立了剪紙藝社。那麼，愛好的已有若干，且匯聚一起，觀摩切磋，在剪紙天地裏學習有年，如今量與質都成熟得可以舉辦小型展覽，這裏頭隱隱浮動着自強不息的力量。

展櫃有二，一側以龍年為慶，但見神龍遒勁，舉目昂首，隨時飛騰；一側趁春節為賀，福氣滿盈，紅彤彤的剪出民間風味。作品中，有構圖簡單似是初學，有結構精密看來老到，總之刀法勻稱細緻，或清雅或繁富，叫人喜悅。作品八張，由六位作者手雕，這些式樣出於自創抑或臨摹？手藝源於自學還是師承？藝社是否有導師授以心法，再示範指點呢？要練得一手好刀法，游刃紙上，手勢伶俐，動刀敏捷，把一張薄薄的紙剪得玲瓏剔透，談何容易。一不小心就會剪爛，一寸一分都要準繩拿捏，手眼配合，還要講究耐性與毅力。

剪紙是一門民間藝術，技術上分剪刀和刀刻兩種，各國各有民族特色。歷史源遠流長，庫存豐富，山東高密、廣東佛山是重鎮，曾經工作坊林立，鄉民愛把剪紙貼上牆壁、門窗、樑柱、鏡子，一些更行銷海外。據說老一輩凋零，新一代不願入行，行業不復盛世，民間藝術日漸式微。此時此際，剪紙驀然呈現眼前，不為謀生，純粹興趣，更感難得。若能繼續發展，香江一隅或為支流，清溪一道，承傳手藝，於無聲世界裏汩汩涓涓，響起聞之振奮的音符。倘若聽障者能因此成器成名，則傷健都獲得很大鼓勵，是所厚盼。

地鐵也懂得社會關懷，善用空間，借出展櫃，聯繫各方，籌劃展覽，給才藝之士一角天空，好畫出彩虹。若非今回跟香港聾人福利促進會合作，我又如何得知聽障者是這麼心靈手巧呢？

二〇二四年二月

2 舊時意

柴灣道上話滄桑

景物變遷，往往最觸動思緒，於是興懷感慨，回憶一點一滴從沙漏倒流回來。

近日聽聞柴灣道上那校舍，數年後將會搬到安達臣道石礦場用地，想起自己曾經有八年俯仰其中、奮鬥其間，那麼他朝路過，驚見故園湮沒，舊物難尋，真是情何以堪。想挖土機的鐵臂擎起巨兜，把悄立於山色、化雨於東邊的小小杏壇，一兜一兜挖走，空餘下頹垣敗瓦，坑坑窪窪，更有零零落落的鋼筋殘骸，與飛揚空中的混凝土碎屑……世上許多美好的，無可奈何地最終化為輕塵，隨風飄逝。

當然，我也明白拆遷有其理由，東區學童的確逐年減少，收生不足問題難以解決，唯嘆「無可奈何花落去」。風一吹，花落去，只願掌心把記憶的花瓣接住，讓花影在心底徘徊。

就業生涯如夢，已遠已渺，回望前塵，得到最多學習機會、最大信任、最真賞識者，應該是柴灣道上的歲月了。就業地點猶如人生版圖，版圖大小與成敗得失皆成虛幻，但是如何開拓怎麼墾荒，便是就業史的斷章了。我從繁華勝極的尖沙咀出發，然後考入政府，先派到觀塘半山之上，若干年後渡海至路斜坡陡的柴灣道，最後一站在東邊最東的將軍澳。四個工作地點，各有辦學理念，一間森嚴如修道院，餘者雖則同屬政府機構，卻因背景、時勢、地理環境與主事者作風，風貌各殊。

人與地，一樣講緣分，有緣之時，路自然就是攤開了的地圖，還畫上箭嘴，讓人輕而易舉便踏上康莊前路，路上好風相伴好景相迎。一九九九年給派到柴灣道上，那時我已經搬到港島東了，離家極近處有小巴站，65號小巴直往東區醫院，司機熟練，走到筲箕灣道盡頭，經過賽馬會診所，已是山麓了。登上坡度，一拐而上，就是柴灣道，即俗稱「長命斜」。顧名思義，這是一段長長的斜坡，交通最重安全，所以戲謔地改為好意頭的諢名，把登上斜路之艱難，化為寄盼人生路能遙遙遠遠，傾斜卻安穩。「長命斜」上，共有三間學校，慈幼書院古雅地幽棲坡下，筲箕灣官立中學屹立坡頂，筲箕灣東官立中學（簡稱筲東）處於其中。柴灣道上，弦歌不輟，上下課時段滿目盡是青青子衿，朝氣洋溢。其中堅毅不畏登山的，揹着背囊，攀上「長命斜」求學訪師。

我往筲東上班，坐小巴僅二十分鐘，召的士所費不多，無跋涉之勞，享省時之惠，加上愛美，我居然常常踏着高跟鞋穿梭往還，可見陡路亦可欣然而行，善緣每在山重水複間出現。

筲東本名筲工，成立於一九六三年，正值香港亟需工商人才，工業中學雨後春筍般落成，於語文數學歷史地理之外，另有工科商科，讓莘莘學子有更多選擇。前路開闊，早期校友不少已在建築、機電、會計、時裝等有其貢獻。校友成就，是學校的成績表；校友孺慕母校的淺深，是學校的軟實力，這股力量溫厚而久長。後來香港經濟轉型，工業淡出舞台，乃易名為筲東。

校舍依山而建，背靠翠巒，擁黛偎綠，蔚然深秀，山色不絕，港島那脈青山鬱鬱蒼蒼，怎樣看也看不倦。而校園門外，竹葉瀟湘，宮粉羊蹄甲嬌媚，印度橡樹昂偉，連小草也飄送芳香，八個年頭我都踏着清芬，步入晨曦。

最醉人耳目是豪雨過後，山林嶺上，雨聚水積，沿石罅下，瀑布忽而天降，白練湧出，奔流直下，淋淋漓漓。山的這端飛瀑，驚詫未休，原來那端也有瀑流，瀑布二三，沖巖激石，汩汩潺潺。更兼雨後山嵐未散，煙氣瀰漫，於是山石為底，霧氣為托，縹縹渺渺，瀑布在背景下映襯，簡直是仙降凡塵！仙蹤乍現，一兩天即逝去，不留痕跡。

柴灣道位居市廛，每在滂沱大雨漸去，課室之外，竟有瀑布奔縱，確實不可思議。所謂「地靈人傑」，在紅塵而得寧靜，居鬧市而滌蕩心目，宜讀書宜學習宜與同窗切磋琢磨。

期間我主力負責出版，把家長通訊內容深之廣之，喜聞至今仍保留這形式。我擔任校董會秘書，對各方面的支援頗能體會。王桂強校長、劉梁錦美副校長的扶助，我一生感銘。校董會葉曾翠卿主席之領導力親和力，如春風拂暖。早期校友對母校的關顧如水銀瀉地，令人感動。更有家長支持學校籌款而粵曲繞樑、為了在聖誕歌聲裏敬贈老人而一起編織圍巾。同時全校的普通話都由我一人任教，那時期所有學生都教了，時隔多年，偶爾相遇，學生曾用普通話和我交談，恍惚四聲抑揚，唸兒歌繞口令的時光就在眼前。

他日故園土崩瓦解，灰飛煙滅，難免傷感。然而，曾經相遇相知，彼此砥礪，也不負柴灣道上茂林修竹裏的一場相逢了。

二〇二一年七月

非不為也，實不能也

從入學始，遇過許多老師了，師生緣分，大致很不錯，唯獨體育課上，老師待我真不客氣。求學期間，給我挫折感最強的科目，肯定是體育這一科，事隔多年，回想上課情景，仍是百般滋味。

小學位於界限街，校舍優美，校園寬敞，麻石外牆圍着大大的球場。球場外環是沙地，以白線畫了數條賽跑跑道。跑道內是籃球場，兩個高高的籃球架下堆了多塊大石，像船底的壓艙石把籃球架穩住。這操場的規格相當高，不過學校銳意於升中試成績，並不熱衷推廣體育，只着我們玩跳繩、二人三足、胯下傳球、拔河等難度不高的玩意，人人都能過關。

體育老師名李學鎣，他非常高瘦，是國內大學畢業生，更是籃球高手。他兼教小六數學，我會考及大學入學試數學都考得不錯，得力於他為學生打下的根柢。他教數學非常嚴格，幸而教體育比較寬鬆，尤其是對女生。我謹小慎微，很少給老師責備，他平日待我甚好，可是在體育課上，終於發火把我罵了：「黃秀蓮，人家把籃球打過來，為甚麼你不接？竟然閃開！」罵完，立刻狠狠把籃球拋來要我接，結果籃球在我的驚惶下失神落地。

幼時路過長沙灣足球場，突然足球飛來，打中我的頭部，小孩子當然大哭。從此怕球，見球即閃，實屬反射動作、自衛本能。唉，要是我解釋一番，老師可能多罵一句：「許多人都吃過波餅，誰像你！」

中學是一所女校，奇怪居然由男老師教體育。學校位於九龍塘，操場細小，上體育課時從後門出，跑到隔壁的公共球場去。這球場也是小小的，四角都種了樹，樹蔭清涼。老師着我們先跑三幾個圈，然後任由發揮，愛打籃球就打吧，不愛打就悉隨尊便，總之不能離開球場，不發生事端就可以了。我和三數同學必然立在樹蔭之下，夏納涼，冬瑟縮。老師大概年逾半百，偶爾跟同學一起打幾下球，然後百無聊賴地在樹下張看。考試形式每年都是射籃，連射十球，由班長記錄入球次數。技術高明的可連入八球之多，忘了自己是否零入球，總之分數以甲乙丙丁表示，不影響名次，毋須擔憂。

在純任無為的政策下，六年疏懶，種下苦惱，使我一入大學就面臨難題。當時中文大學由崇基、新亞、聯合三間院校組成，唸中六時曾參觀校園，我對崇基山水一見鍾情，在填寫志願時毫不躊躇：崇基是我第一志願。然而心底不無隱憂，因為崇基在運動方面要求分外嚴格，怕只怕以我的條件「高攀」不上。

接獲大學取錄信件時，且喜且驚，因為運動這難關就在前頭。首先入學前要體能測試，男生跑一千二百公尺，女生跑八百公尺，新生分批在嶺南體育館應試。嶺南體育館就在火車站對面，佔地甚廣，橢圓形跑道說多長就有多長；天哪，八百公尺，簡直是「八千里路雲和月」。一向只能在小球場跑三幾圈的我，怎能應付「路漫漫其修遠兮」的長跑？最令人焦心者是聽得危言聳聽之說：體能測試不及格就不能入學！唉，「跌倒沙場君莫笑」，連親人好友都為我擔心起來。

萬般擔憂，把人愁煞的一天始終來臨。當天酷熱，結果我小跑幾步就停一停，也不管人家如何起步來個一馬當先，怎樣衝刺以期名列前茅，總之我是最遲抵達的一批——所謂一批，其實只得三四個女生，她們都不舒服，差點要送去看校醫。值得一提是同屆有一位修女同學，一襲修會會服穿在身上，白長裙，頭紗垂到肩膀下，風起時，裙角飄擺，頭紗輕揚。

我們稱她為Sister，對她特別尊敬。於體育課，校方酌情豁免，我們白球衣藍短褲綠茵奔馳時，她靜靜的在牟路思怡圖書館低頭自修。

第一關幸而平安度過，接着還有課堂、考試要應付。上學期修了器械操，雖然比游泳容易，比田徑輕鬆，不過為我而言，沒有一項運動不艱辛。考試到了，考一個動作——跳上低杆，再打觔斗下來。我表現如何，課堂有目共睹，一些同學的眼神甚至流露出嘲笑。

同窗陳美美是嘉諾撒聖瑪利書院畢業生，品行純良，她主動幫忙，陪我練習，更從旁指點。我跳不上低杆，她便抱我上去，我學着先抓緊木杆，再把雙手方向翻轉，這樣下翻時便不會扭傷手腕，然後上身前傾，頭向下，重心移到前面，身體自然往下翻，鬆手，雙腳落地，翻觔斗這動作便告完成。她說中學時代必須跳木馬、走平衡木，連單手翻直立觔斗也學會，所以那指定動作為她而言輕而易舉，我校卻根本沒有這些運動器械。

苦練了兩個晚上，臨陣時，我立在木杆下，幾次跳躍都跳不上去，跳不上根本是意料中事，美美連忙上前抱我上杆，老師也「隻眼開隻眼閉」地默許。我終於在空中翻了個觔斗，踏上軟墊，考試及格。我此生動作中，以此為最高難度，如今想來，只覺不可思議。

下學期要修球類，我選了壘球，打球要戴大手套，持着棒子去打。我雖然表現差勁，可是從不缺席，又未敢鬆懈，既然撐過了半年，滿以為這學期無風無浪到彼岸，豈料竟然「肥佬」了。重修選了羽毛球，由於時間不配合，只能跨院校到聯合室內運動場上課。我打得不好，又沒有良友扶持，甚至沒甚麼人願意跟我雙打，落寞之感，炎涼之嘆，不免湧上心間。不過，考試僥倖及格，否則，大學畢業證書恐怕拿不到。

文友胡燕青是運動健將，港大時代是游泳校隊隊員，田徑、標槍屢次奪冠，難怪陳耀南教授多次稱讚道：「胡燕青，有運動員的爽朗，寫作人的靈氣。」她羚羊飛躍的矯健身姿，是我一輩子也做不到的。

其實，人的天賦各異，不可力強而致，自愧無「挾泰山以超北海」之能，故而我在運動場上的表現，乃「非不為也，實不能也」。

二〇二一年十月

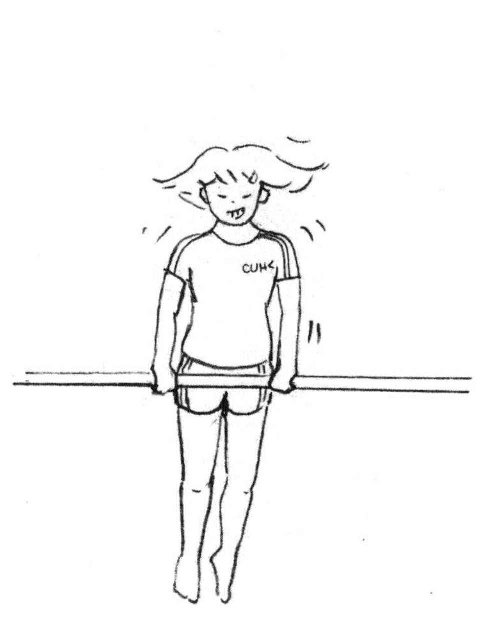

非不為也，實不能也

斬雞過年

一隻鮮雞，從來都不算便宜，印象中除了大時大節外，難得有鮮雞吃。為窮孩子而言，過年滋味，難以簡單地說是苦還是樂，不過，為了一家團聚，迎春接福，即使窮等人家也會買雞拜神。雞的鮮味，便留在新春的回憶裏。

地主公供奉在走廊盡頭，「五方五土龍神，唐番地主財神」金漆字寫在朱色神牌，儘管光線不足，依然透出煌然的身份。平時初一十五清早例必香煙裊裊，我所住的唐樓一屋多伙，只要一兩戶奉上三炷香，加起來便迷霧輕縈了。至若年三十、初一、初二這三天，則肥雞一隻接着一隻，給三杯燒酒伴着，用大盤子盛住，恭敬放置地上，合十而拜，一臉虔誠。孩子旁觀，多少也受到感動，不敢打擾，只退到一旁。直至拜祭儀式結束，見主婦雙手捧起盤子，雞香酒香晃動，漫入廚房去。

可憐的肥雞，一兩個時辰前還搧着拍着翅膀，碎步急行於雞籠，可是為了團年開年祭祖等等禮儀，此刻已靜靜躺在喃喃的禱告濃濃的香煙裏。

買雞需要一些知識，拜神用的要求較高，起碼指爪齊全。雞販從籠子裏抓雞，雞慌忙拍翼，走避不及，喔喔亂啼，已遭連拉帶扯，抽出籠外。雞販把雞倒轉，讓顧客摸摸雞腳，知道沒有發冷的跡象；又看看雞屁股，肯定沒有黏着白屎。這兩項檢測都表示雞隻健康，沒有生病，可以放心買了。雞拼命掙扎，狂拍雙翼，飛甩雞毛（沒想到後來成為意大利鞋履手袋名牌的廣東話譯音），雞毛飛來，鼻腔也癢了，我連忙躲到姑婆後面。稱了斤兩，算了價錢，雞販把手中一式兩個的小木牌遞一個來，另一個則扣在雞腳上。稍待片時，顧客憑此取回已宰的鮮雞。那小木牌，我一直記在心裏，因為太像古代的信物、憑證了，虎符不就是這樣子嗎？

過年時雞檔生意簡直忙不過來，主婦殺出重圍般才提雞回家，巧手精製。用來敬奉神明的雞，雞頭雞尾雞胸雞腿，必須狀態完好。拜神前眼看手勿動，之後方可斬開，小孩子再大的膽子也不敢偷吃。

斬雞，在禮儀之後，延續了禮儀，恰似禮儀的餘音，餘音變奏，化靜為動，激昂起來。斬雞要準備一下，這多少帶着禮儀感了。報紙先鋪地上，厚厚的砧板移放在地，大刀鋒利地平躺在報紙，更要緊是就住窗外光線，空間、採光、用具都周全了，架式儼然。廚房窄長，如此擺置才製造出略為寬闊的工作平台，又借着地板受力的特質，來承載斬雞的手勢、幅度、力量。姑婆氣力不夠，由母親操刀，其他同住的師奶都年輕力富，於是共用砧板，輪着斬雞。她們因陋就簡，就把報紙當圍裙用，用晾衣服的木夾夾住報紙，護在胸前腿上，擋住飛濺來的碎骨、肉屑和雞汁。但見身影蹲下，一手按肥雞，一手執利刀，先從雞背下刀，切到骨肉相連，左手猛力拍刀背，連拍幾下，肩頭也傾了，終於直破關鍵，雞膛攤開，雞身左右對稱分開，雞香飄動。

斬雞之聲，刀落砧板，一下下，重重的，從廚房傳到我耳裏，當時只盼望快點吃雞髀。一大盤肥雞上桌，姑婆總是不用筷子，捏起雞髀就送到我碗裏。白肉清淡不肥膩，雞髀肉厚卻滑嫩，在家裏我最幼小，近乎專利且天經地義地吃其中一隻雞髀，另隻則斬數件。過年食品，甚麼年糕、油角、Carro 朱古力、花街拖肥……都不及雞髀甘香。雞髀紋理呈垂直，輕輕一拉，就拉出條狀的雞肉來，塞進嘴裏。髀肉微帶粉紅色，肉潤含汁，少肥膏……蛋白質極為豐富，可以讓我增高增肥……我連續三天啖之，連黏在雞髀骨的一點肉也吃得乾淨，竟不曾像孔融讓梨。

斬雞這過年的指定動作，緊接拜神儀式，有聲音有排場。砧板軟木做，三四吋厚，既受力又卸力，然而斬雞那刻，依然砰砰價響。那聲音，帶着人間氣息，從廚房的油煙飄來。斬雞的主婦，為了省時，懂得遷就，不敢霸佔廚房，於是接力賽一樣，輪流蹲下來，手腳麻利，快刀起落，過程洋溢着鄰里合作與春到喜氣。

地主公前那縷縷輕煙不覺間散逸四方了。

我家附近有菜市場，春節了，雞檔當然人流不絕，我立在數呎外，看那高瘦的漢子在十來吋厚的砧板前，用大刀斬雞，手起刀落，一刀解決。手勢爽勁，畢竟斬雞是他的專業，且工具與空間都優勝多了。

此情此景，我又怎能不懷念蹲着斬雞的身影呢？當年的主婦，看着我長大的師奶，尋常婦女而已。然而，拜神時虔敬，讓旁觀者感動得相信舉頭三尺有神明；斬雞時悍勇，虎虎生威。婦女，就有這種本事。

春節到了，地主公前輕煙繚繞。那些拜神斬雞的年輕身影，凝定了，又晃動着，在煙氣迷濛中。

二〇二二年一月

斬雞過年
九江

爐火在心間

青春的容顏，給營火會的火光照得分外柔和動人。

營火會特別適合年輕人，那爐熊熊火焰透出如春的溫暖，那爐火烤出來的肉帶着騰騰的煙火氣，甚至那不太穩定的火力、有點隱約的光芒……都是年輕人最愛追求的。更何況，營火會多在空曠且清幽的環境裏舉行，精力旺盛的年輕人多喜歡往遙遠的地方去。香港雖是彈丸之地，要覓得宜於燒烤的郊野卻輕而易舉，所以哪個年輕人不熱衷營火會？真是「人不燒烤枉少年」。

玩得最開心的一次在七十年代末，我隨着大夥兒燒烤去，地點在石澳沙灘。這類團體活動表面好像只是吃吃玩玩，輕鬆身心，其實是建立友誼甚至愛情的理想機會。搞活動必然有旗手，團體裏人才濟濟，有領袖之才者大有人在，但組織康樂聯誼者是一類，發起義務工作與搞選舉當會長的又是另類，這是我靜中觀察而得的結論。可幸是人人都年輕純品，無爭勝私心，有參與熱誠，營火會便格外興會淋漓了。

巴士停在大路，我們三四十人，浩浩蕩蕩走了一段路，終於碧波入目，背起大袋炭的、扛起成捆叉子的、挽着林林總總東西的，卸下擔子，舒一口氣，不吭辛苦。鞋子踏上沙子，有點浮，太陽西下，星夜把沙灘交給我們。領袖不會發號施令的，可是人人自動自覺，樂於出力，有些懂得撿拾石頭，用來壓住鐵絲網，炭給嘩啦嘩啦倒出來，鐵絲網上平鋪着炭。生火起爐需要技巧，有經驗的自然流露身手，幾個火爐差不多時間冒出小小火焰來；餘者就分派醃過的豬排、雞翼、蜜糖、紙巾等，總之，誰都不肯讓自己閑着。

那到底是宗教團體，所以大家先手拉手圍成圓圈，唸天主經、唱聖詩，禮儀感發揮了提升心靈的力量。在火光裏，不止容顏，連性情也柔和了，營火會中種種細節都閃着信仰的愛，善意在光影搖動下顯得自然親切，毫不造作。

營火會的高潮在腐竹雞蛋白果糖水飄散香氣之時，一個男生的母親着兒子揹起鍋子，只因食烤肉最上火，這種糖水清熱降火，一定要煮一大鍋，人人一碗。甜品洋溢母性的體貼，叫所有人五內都清潤了。

爐火成灰，殘羹已盡，才清洗叉子，收拾物資，不留垃圾在沙灘。朗月相伴，走到大道，怎知遠遠見巴士已抵達站頭，且開出了，正朝我們的方向駕過來，勢將一掠而過。糟糕了！郊外的巴士班次特別稀疏，走了一班，恐怕要等到天長地久才有下一班。一時情急，幾十隻手狂揮，揚手呼叫，青春的激昂果然能打動人心，司機把巴士停在我們面前。半路中途，迎客登車，實在難得，歡呼在車廂裏在風裏迴迴蕩蕩。司機處事富於彈性又充滿人情味，他風馳電掣，滿載一車善緣。

那麼愉快的營火會也像火光，轉瞬熄滅，一畢業不止各散東西，而且學系不同，際遇各異，隨勢浮沉，運道稍為低沉的自然不願現身，發跡的也忙於籌謀大計，再難借着一爐火來維繫，團體自然星散了。

在這團體我不過是過客而已，不過的確察覺到自己言行青澀，想急起直追。那時漸漸開竅，除了學科以外，已懂得從生活中從旁觀察、吸收、活用。那次逸興遄飛的營火會，在爐火旁邊，我留意人家怎樣發揮優點，多於留意烤肉的生熟。看別人用叉枝撥弄炭塊，學會輕輕一句、頭頭是道地說明燃燒的箇中道理；看炭塊由燒得通紅到燒得變灰，知道是時候加炭了，卻不爭先搶做，總是先問一聲，尋求共識。有理有序有節地做事，不多不少不誇地說話……點點星火，偶爾閃閃，生命也偶爾亮起光。

七十年代似乎歲月靜好，中產階級湧現，社會一片朝氣，年輕人充滿機會，爐火裏青春煥發……然而青春始終暗度，年輕人很快就不復年輕。

近年來，舍下常有良朋光臨，營火會早已不合口味，圍爐共享火鍋則常有。從選購食材到熬一鍋湯底，我也勝任裕餘了。

炭塊由燒得通紅到燒得變灰，一爐火光，曾經照過青春的容顏，如今餘熱猶在爐邊，以生猛海鮮、安格斯牛肉和一把青青的生菜，暖人胃腸，慰藉秋去冬來。

二〇二一年十一月

唐樓碉樓月色同

電影《秋天的童話》最令人發噱的一幕，就是漂泊紐約唐人街的船頭尺（周潤發飾）教十三妹（鍾楚紅飾）弄泥鰍湯，說要準確地立在兩呎外撒鹽，說罷，還加上一句「明白了嗎？」的四邑話。唐人街最常用的語言輕鬆地融入電影，增加了人物的真實感。華僑的聲音隔着萬里飄到耳際，似是土氣，卻又親切，船頭尺忽然變作同鄉了。

鄉音傳來，很熟稔的感覺，動了回憶。四邑話亦稱台山話，而四邑包括了台山、開平、新會、恩平。我是開平人，姑婆、母親與老一輩的親戚，莫不滿口鄉音，自少耳濡，即使不會說，但一聽就了然。台山、開平子弟喜歡移民美國，固然有其原因，與其呆在發展機會太低的故鄉，何不遠闖他鄉呢？他們稱美國為「金山」，是肯定了這個國家十分富裕；稱美金為「金紙」，更肯定這貨幣跟黃金一樣矜貴了。開平，是著名的僑鄉。華僑不論青絲白頭，同聲同氣，聚於唐人街，自成一國。我們的親戚姓黃、司徒、周、關、余、譚，當年他們成功申請來港，不會說廣州話，更不會英文，那份不安感，跟漂泊於唐人街的無異，為了互通聲氣，便聚居深水埗一隅了。

假如籍貫像入籍一樣需要考核，那麼，我定必落第。問起碉樓，竟茫然不知，怎能自稱開平人呢？故鄉的一切，所知者，僅幾個地名：赤坎、百合、馬降龍、長沙。幼時每年總有三兩次會隨着父親去新華銀行，匯錢給外婆，手寫地址於一式三份的過底紙（碳紙）上，所以至今猶記。父親有時寄郵包回鄉，用毛筆寫白布上，再縫好，寄給外婆和他的長嫂。他低頭寫字的專注，處理包裹的仔細，投寄郵包的慎重，原來一直影響了我，難怪郵包上的地址，沒有在記憶漏斗裏漏去。

故鄉，只在幾歲時隨母親回過一次，之後一直未踐故園了。那趟行程，只為了探望外婆，故此逗留在母家時間較長，然後才到姓黃的那邊；原來司徒與黃聚居之地隔了一道水，要買舟渡水，出入不便。然而，舟子借力，竹竿撐水，水花濺起，小船輕曳，蕩蕩漾漾，意態從容，水路情調，頗能領略。一程水光瀲灩，是家鄉給我最清晰最詩意的回憶。

我在唐樓長大，同屋的女孩也回母鄉順德，一提起順德就大讚。蝦是從河裏撈的，即撈即煮，特別甜美，還有大良炒奶、燜柚皮。順德是魚米之鄉，食材鮮美，當然名廚輩出。我不敢告訴她們，在鄉下的日子，幾乎天天都吃鹹蝦蒸肥豬肉。窮，哪有煮食心得？鄉民對出國趨之若鶩，有跡可尋，浮萍聚攏，日久便成唐人街了。

父母偶然會提起故鄉，令我非常訝異的，是父親說十幾歲時，鄉下人在賭番攤，他立在旁邊觀戰，忽然同鄉問：「你也買一半吧。」他點頭答應：「好。」怎知一個好字，竟然輸了許多錢，結果要家裏賣掉三擔穀來賠。「三擔穀是許多許多錢了！」父親喜歡打麻雀，偶爾賭馬，都是小注，小心翼翼，算不上好賭。沒想到年少時代出此差錯，也沒想到會在女兒面前懺悔往事。誤墮賭局，賣穀償債，居然發生在本來已極為貧困的書香之家。故鄉某一角落聚賭的場景，怵目驚心，如一圈油污，隨撐竿在渡水時漾着漾着。

父母多年都沒有還鄉，唉，還鄉之難難在風俗。香港歸僑總不能兩手空空，那次回鄉，見母親要派糖派餅乾，對近親甚至派錢，阮囊羞澀，哪有本事回鄉？多年後，鄉下要蓋一條大橋，自然向香港以至海外的同鄉募捐，說從此不用撐竿渡水，破解了舟楫不便造成的大落後。大哥捐了不少錢，結果在熱心鄉親的榜上名列前茅，名字銘刻橋頭牌匾。從此，父母年年清明都回鄉拜山了。衣錦還鄉的心理，古今中外皆然。

二〇〇七年，開平的碉樓列入世界遺產名錄內，我大為訝異，怎麼從未聽過甚麼碉樓呢？郵包地址上的馬降龍原來有碉樓群的，也許他們對碉樓習以為常，所以沒有驚嘆。奈何父親已在〇三年離世，無法聽碉樓回憶了。《八兩金》導演張婉婷可謂識碉樓於微時，一九八九年已在此拍攝。後來開平一登龍門，很快就成為廣東十大旅遊勝地之首，《讓子彈飛》等電影便在碉樓取景。由於在二三十年代，海外排華，華僑回流故里，買地建屋，當時碉樓有三千之多，如今依然保留了一千八百。其體貌偉岸，建材講究，巍然聳立，儼如西方童話的古堡。從水口到百合，由塘口到赤水，縱橫羅列數十里，都是華僑把海外的視野西洋的美感移到開平。財力所及，魄力所傾，他鄉故鄉便在月色下夢一樣交融了。

據說碉樓中最宏偉華麗者是立園，畫棟雕樑，不在話下。旅美華僑謝維立於一九二六年建造立園，為了把世界各地精美建材運來，特意開闢了人工運河，修建私家碼頭，耗費十載光陰並二十六萬銀圓。家人海外歸來，先抵香港，才乘船直達府邸碼頭，排場豪誇。這資料讓我大吃一驚，還以為開平不過窮鄉僻壤，哪知竟有巨富。貧富懸殊，處處皆同，我真是井底之蛙。

另一個教我感喟的是自力村碉樓群，「自力」二字充滿底氣，激勵人心。我們租住唐樓多年了，業主是父親的堂嫂，在族中最年長最富裕，我們稱之為阿姆。當年有租務管制，每兩年加租一次，每次必加到上限。後來阿姆決定隨兒子赴紐約定居，要把房子賣掉。一位熱心親戚跟她說：「阿姆，既然七叔在這裏住了那麼久，不如便宜一點賣給他吧。」我們並未請她說項，人家已一番好意。阿姆沒有接話，沒多久房子連租約賣給陌生人了。隔了幾年，父親患了心臟病，以他的狀況實在難於登上高樓。這麼巧，剛剛抽中了居者有其屋，地點在長沙灣，毗鄰深水埗，有升降機之便。那時利息極高，我們依然決心買下。幸好阿姆沒把窮親戚關顧，不然我們就喪失抽居屋的資格了。自力，如自力村碉樓群一樣，才能穩立。

碉樓月色，不是我所能虛擬的。那唐樓夾雜在唐樓群中，舉頭也不能得月。不過那年頭孩子不似今日矜貴，甩繩馬騮常溜去附近球場玩。我最喜歡盪鞦韆了，盪得高，足可幻想比較接近月亮。記得有次跟父親沿着界限街球場步行回家，我問：「為甚麼月亮老跟着我們前進呢？」

唐人街之雜亂、碉樓之特異，跟我是遠遠的淡淡的；唐樓之湫隘於我卻是密切而悠長。「舉頭望明月，低頭思故鄉。」不論他鄉故鄉，只要敢於黑夜前進，月亮就會跟着跟着，且恆久而溫柔地相伴。

二〇二二年九月

唐樓碉樓月色同

入青山了麼？

那唐樓，建材粗劣、採光欠佳、地窄人多、麻雀聲雜，然而租金便宜、鄰里相安，也抵消了許多缺點。故而貧民之窟湫隘之所，亦可偏安，一些租客一住下來就生了安頓之感，把上落六層梯級視為鍛煉筋骨，一任歲月荏苒了。那時廉租屋漸次落成，搬出唐樓入住彩虹邨的那戶，周日常常回來打麻雀，依依的尤其流露人情。例外者僅三戶，一戶主婦較難相處，很快就搬了。有兩兄弟在製衣廠做裁衣，住上兩三個年頭了，以為可靠，竟忽然消失蹤影。當年租約內容也不清楚了，但按金上期僅兩個月租金，逾期的損失由包租承擔。這就陷於兩難了，請苦力來搬走東西也是一筆錢，況且連人家的家具、床鋪、西裝通通扔掉，的確要狠下心腸。大半年後這對兄弟終於出現，見舊物猶存，喜出望外。解釋一番，連聲道歉，還奉上一個月租金作賠償，只求取回物件。父親習慣息事寧人，總之簡單了結，免得心煩。

這兩戶搬走了，退還鑰匙，木門掩上，不留痕跡。人家去向如何，何用關心？反正各有各的前路，香港人頭腦很靈活哩。唯獨那重複又重複的胡言，那膩滿了油的臉，那鬱積的一股臭味……無法一揮即散，良久仍悶在心頭。

那房子圖則長長窄窄，四間板間房外剩下來的空間便是走廊，走廊擺放了飯桌和雙層床。飯桌桌面可摺疊，一加上麻雀板即成雀局，晚上必然霹靂啪啦，呼么喝六，白天同屋主婦與隔壁婆婆也常常湊成一桌。木做的雙層床三呎闊，又叫碌架床。布簾吊在鐵線，圍起一席之地，已具備居住與私隱的條件，於是上鋪下鋪都出租。

有年上鋪吉了，父親把「床位出租」寫在紅紙，貼在樓下，一個體態頗為臃腫的中年女人來租。她穿上深褐色大襟衫褲，頭髮燙過。「姓梁……製衣廠……不煮食。」幾句簡單對答，母親當下就決定租給她了。

這女人是孤單的，那年頭，女人不管是獨身還是已婚，都常有手帕交相伴，租地方卻獨自登門，的確有點奇怪。怎麼稱呼她呢？梁師奶還是梁姑娘？似乎不很重要了，因為跟她打招呼也得不到回應。除了如廁，其餘時間都藏身布簾之內。躲在裏頭，有甚麼可想呢？

沒多久，異於正常的表現陸續浮現，日益嚴重，甚而難以忍受了。

起初她外出較為頻密，但不是製衣廠上下班的正常時間，且半天就回來了，那麼，她是無業的了。無業則生計如何維持？何以度過餘生？除非有相當積蓄。然後，獨白從上層床的布簾穿透出來，雀局結束後，夜闌人靜時，聽得分外清楚。噢，自言自語，對着空氣說話了。「那個男人沒良心……貪新忘舊……將來一定有報應……」還好，語氣不算急促，不是連珠炮發那種；嗓音並不尖厲，不似野鬼悲啼；腔調雖是埋怨，尚未至於怨毒；節奏平穩，沒有忽然尖叫狂嗌，還不算太可怕。喃喃然，緩緩地，純正廣州音吐出一串一串話音，斷斷續續。後來，頻率越來越密，內容重複、不具體、零散，紊亂了的思想無法組織始末。原來這患者的生命力只聚焦在遭拋棄的記憶，徘徊在傷口最痛楚的一點，不甘心離開一地破碎的婚姻。

胡言亂語未至於怕人，令人厭惡的是身體散發的臭味，她漸漸地不洗澡了。臭味從布簾擴散，好生難聞。同屋的主婦用指頭敲敲碌架床，建議她從頭到腳洗洗，說一定舒服些的，連敲幾下，敲聲終究落空。

廚房外有塊小空地，是後門，朝南。主婦常從蒸籠一樣的廚房移步後門，吹吹南風，此時此地，最宜低聲議論。「黐線婆！難道她聞不到自己的臭味嗎？」「即使沒有丈夫，難道兄弟姐妹、親朋戚友也沒有？」「每次經過床位，都要掩鼻，走快兩步。」「雖然語無倫次、滿身臭氣，但不放火、不打人，只怕青山不肯收呢。」「麻雀檯移遠一些還是很臭，怎辦？」「她會不會生頭蝨？頭蝨會傳染的。」她們故意壓低聲量，怕刺激了她。樓下士多老闆那張嘴巴厲害多了：「那個臭死人的臭婆，原來住在你家！她來幫襯我也不睬，叫她快些走開，不要阻住我做生意！」

終於，父親在雀局未開、鄰居在場的情況下，隔着布簾向她提出免收一個月租，請她另覓居所，月底這床位要收回自住了。接着主婦輪流提醒期限，簾內有時不語，偶爾「嗯」半聲，似在明白與懵懂之間。期限到了，過了正午，全屋都有點緊張，幾個主婦嚴陣以待。「收拾了嗎？要不要我們幫忙？」「哦。」「不如拉開布簾，先把行李遞下來給我們接住，你拿不動的。」一會兒布簾拉動，臭氣了無屏障，主婦們忙伸手接過行李箱，她慢慢轉過身，臉向牆，步下三級梯。彼此那麼接近，臭味攻來，卻不敢掩鼻。但見她散髮凌亂，面油蓋臉，眼垢滿積，一張臉比半年前初來時更浮腫。一個主婦特別細心，把手縫的布錢袋送給她，着她把按金上期和值錢的東西先放入袋裏，掛頸上，藏大襟衫裏面。海綿床墊本屬我們，床單雜物未曾收拾，年輕主婦手腳麻利，立刻爬上去，一併捲起，繩子紮緊。行李僅冬夏幾件衣服、薄被、餅乾罐、塑膠水壺，都塞入單薄的行李箱內。

木門替她打開，她挾住鋪蓋，提着箱子，臭味隨着臃腫的背影移動。「砰。」木門緊閉，臭味稀薄了，接着是把床位大掃除。她呢，遭擯棄了，誰肯開門悅納？大概只能踏上漂泊之路，暫歇於樓梯間、騎樓底、公廁旁、暗角裏，於社會底層流離。

失婚變成失常，這理由很值得憐憫，然而憐憫始終有個限度。一個精神病人所帶來的苦惱、滋擾，恐怕家人也生畏，若由非親非故的鄰居來承受，實在太沉重了。六十年代資訊不發達，甚麼社會福利署、衞生署等支援，普羅大眾是茫然不知的，所知者僅是青山精神醫院。至於自理能力、家人關顧、坊鄰照應、醫生診斷、藥物治療等等，完全缺乏，苦命人如何生存下去呢？過去，哀沉如謎；未來，不知所終？猝死街頭？還是入住病床有限的青山呢？

那唐樓，總是那麼熱鬧，人氣旺盛，叫糊的興奮食糊的雀躍，贏錢的得意輸錢的煩躁。推測她來時已患精神分裂，住下來後，長日震耳的麻雀噪音或令病情加速惡化。唉，人影跟臭味，俱往矣，彷彿一場人間蒸發。「她一身臭味，遠遠就聞見，會不會在街上游蕩之時，遇見警察，就捉入青山呢？」你一言，我一語，話題共同，既厭惡，亦嘆惋。一說起，臭味又隱隱約約了。

「入青山了麼？」這問號一直懸浮在走廊裏。頭幾年，還偶爾說起，後來就不復再提了。麻雀聲依舊霹靂啪啦響起，臭味則早已散入茫茫了。

二〇二二年十月

青春門檻升中試

「第一次公開考試，往往是少年人初次與同輩人競爭，也是初度融入最切身的社會制度，這個第一次嘗試（first attempt）其實是人生很重要的里程碑。」那課程探討少年成長，講師一番話，小錘子敲打鋼片琴一樣，叮叮噔噔，敲起孩子七色的夢境。小學生還可以給定義為「細路仔細路女」，告別小學等於在人生畫下一道線，下一步就踏上另一台階了。回望，童年竟化為腳印，鞋印大號中號小號橫七豎八；前瞻，青春似乎快將大水漫來。由童稚而青春，過渡殊非輕易，只因升中試這門檻高高的，唸幼稚園時大人已念念叨叨，教我們未敢鬆懈。

公開考試由教育司署舉辦，有別於一九四九至六一年的小學會考（Joint Primary 6 Emanination），升中試又名中學入學試（Secondary School Entrance Examination），一九六二至七七年舉行，那備戰與臨場經驗一生都不會忘記。考卷分中英算三張，英小生可考特選英文兩卷來替代中英卷。每卷僅得四十五分鐘，但每科試題卻故意地多，多得絕大部分考生都無法完成，如算術題曾出九十二道。

且莫怨，有機會踏入試場可謂幸福，因為超過十四歲或不獲小學推薦者，已被拒於升中試門外。這場考試憑準確度和速度來甄選，目的是按成績把學生分配入官立中學、津貼中學、補助中學及私立中學，政府資助部分甚至全部學費。「萬般皆下品，唯有讀書高。」升中試不止進入小學生的世界，簡直成為生命的主題了。中國父母最重孩子教育，「朝為田舍郎，暮登天子堂」的願景早已種在基因裏，除非太窮，否則總盼望孩子可以升學。

社會普遍貧窮，求學機會難能可貴，我們自是不敢怠慢。我家貧且母親極之重男輕女，萬一升中試落第，肯定輟學。我沒有便給口齒，擺檔做小買賣就不夠機敏了；沒有靈巧雙手，做車衣只怕掙不了多少；沒有人脈，誰會扶一把呢？至於讀書雖未入三甲，可是總在頭十名之內，換上一身中學校服白襪子黑皮鞋踏着朝陽上學去，才是我應該走的路。標杆已豎立，拼勁自然爆發，四十五分鐘的考試時限變成無比挑戰。

所有小學莫不秣馬礪兵，小五起集中火力於中英算，除了聊備音樂體育好讓孩子鬆弛外，其他科目暫停。我校是私校，學費一直加到二十八元，寒門貧戶真是叫苦連天。可是校園優雅，操場種滿影樹，夏日開花，橘紅如火，彤紅裏又給嫩綠襯起，樹梢一株連着一株，成為界限街一道風景。更難得是師資，最優秀的集中在五六年級，這六位老師我一生感念，到如今我心算之快成語之熟都是老師作育之恩。踏入小五，同學都在狀態了，天天補課，是填鴨嗎？可是我們能消化哩。在知識上個個都長高長胖，不見得是只懂考試的機器。

這時期女生早熟的已開始生理變化，男孩子有時頑皮得很，試過把女生拉入男廁，嚇得女生驚呼流涕，事後老師當然處罰。男生不太甘心，揶揄道：「你們這些女生甚麼都不會，除了告狀！」至若兩小無猜人細鬼大的戀情，好像尚未浮現，取笑誰跟誰好卻常有。傳說班上最漂亮的女生與男班長相戀，情芽在保守風氣和考試關卡下恐怕難以茁長。愛如早春，但升中試在即，除非任性，否則無謂輕叩情關了。

老師勤於補課，半日制變成全日制，密集式操練，日子有功，刀子礪上磨，越磨越利。坊間出版社為圖利，配合歷屆試題而編訂補充練習及模擬試題，封面多有兩個洞，一條鞋帶就穿起多個練習，解鞋帶抽出練習，趕做，然後老師一面對答案，一面解說，打勾打叉，計分，繫鞋帶，回家複習，挑燈夜讀，倦了入睡，醒了掙扎着再讀。雞兔同籠、植樹問題弄清概念，閱讀理解及英文文法錯了便記之改之，國學常識與成語諺語盡量背誦，結果補充練習堆疊，考試雞精高可數尺。我們還學習到以快打慢等等臨場技巧，速度尤其寸步寸步增快，四十五分鐘內能做多少心中有數了。

為了應試，娛樂只得放棄。我本來好喜歡打鞦韆，居然可以盪得挺高；愛漫無目的蹓躂，看瞎子占卦，看老乞丐用端正粉筆字在地上寫盡淒涼；也愛跟姑婆看粵語片七點半場，好代入悲歡離合……此際，補課後偶爾和同學一起溜到公園，揮霍地吃甜筒雪糕，然後在氹氹轉轉幾圈，漫不知將來會轉往何處？

萬一名落孫山，男生便投入還未成熟的學徒制，一旦遇上刻薄的師傅，受氣極了，卻未必獲傳授技藝，屈辱、辛酸不能消受也得消受。女生出路更窄，社會地位更低，上游機會更難，故此升中試非過關不可。考試誠然辛苦，可是不考試就無憂？卻原來，欠缺安全唯有追求安全感，微微不安反而懂得警惕，焦慮往往激發動力，以今時角度，這是EQ訓練，櫛風沐雨，我們那一代孩子不害怕壓力，習慣了勤奮自然磨練出韌力。升中試備戰長久但速戰速決，臨場即考，類似科舉制的殿試，杜絕作弊，符合公平原則。後來取消升中試，解決了一些問題但又衍生其他問題。

囊螢映雪，鑿壁偷光，算術科我能夠完成七十題，中英科也還可以。奈何自己就讀中文小學，成績中平而已，到頭來只派往中文中學，倘入讀有名望的書院，人生路不會那麼狹窄。告別師友和影樹，獲五年派位，學費三十二元，家貧再獲半免，即十六元。

一踏入中學，青春期來臨，升中試早為青春做好了裝備，儲備了彈藥。那麼青春是甚麼呢？是擁有能量，懷抱憧憬，迎接艱難。唉，還有許多苦澀呢。

二〇二三年四月

病染傷寒生死間

八十年代六月天，嘉木繁蔭，蟬鳴高枝，剛剛大學畢業，還未搬出學生宿舍，暑期活動仍在計畫。這是求學生涯的尾聲了，最後一個悠長假期自當珍惜，猶在滿懷憧憬。救護車突而駛進大學保健處，啊，擔架床把我抬上車，急於星火，立刻要送往醫院。護士說我發高燒了，醫生說……揭蓋式的車門開在後面，嘭一聲關上門，我躺臥車廂，仍知覺到救護車在盤旋山路下坡再上坡，然後直路奔馳，從中大校門拐出大埔道。

也許是根據保健處的入院資料，我給送到明愛醫院，那是離我家最近的醫院。病房裏我昏昏沉沉地睡，卻也懂得暗暗納罕，久燒不退的現象從未試過，病來得既急又猛，而且沒有好轉跡象，是甚麼病呢？即使探病時間，也無法勉強打起精神，依舊昏睡。身體最誠實，病人反應真令家人心焦。三四天後醫院說從血液中驗出患了傷寒，啊，這病又叫腸熱，會傳染的。於是床尾掛了寫上傳染病的字樣，洗手間有一格給我專用，寫明了只供第幾號病床用。過了三幾天醫院通知要把我轉到隔離病房，我到底是學生，沒經歷風浪，一聽到遭受隔離，連家人也不能探望，竟然抽抽答答哭起來。母親見狀，大為慌張。她陪着我隨救護車往山上的隔離病房，那是一幢獨立的小樓，位於山丘之顛，孤零零真有隱世意味。病染傷寒已夠沉重了，怎知當值護士凶巴巴，更覺淒涼，這地方住不下去的。

表姐在養和醫院任護士，幾乎是我們的醫務顧問，她覺得腸熱而無下瀉的病徵是很奇怪的。家人聽了，不無疑竇，又聽得我害怕入住隔離病房，日夜都憂心忡忡。

翌晨一個護士笑盈盈走進來，我抬頭一看，五官精緻的白衣天使先說：「黃秀蓮，是我呀，潘健頤，你認不出我嗎？」我忙點頭相認。五載中學同窗，一畢業便各散東西，不意病房重逢，當下驚喜交集。「昨晚我當夜班，在病人名單看見你的名字，便連忙入病房看是不是你，你當時睡着了。原來你感染了這種病，不過不要擔心，搬上來更好，這兒安靜，我會照顧你的。」幾年光景已把她磨練得相當專業了，更難得是不忘同窗情誼，在我病重時曙光式出現，一陣溫暖，感動五內。接着話舊一番，恍惚回到蚊子飛過也聽見的寧靜課室，一班乖乖女學生只知道一字不漏抄筆記。

母親來探病，我忙不迭告以一切，且表示樂意在此留醫。她那口開平鄉音高興得發抖：「我們準備轉你去養和，你爸爸今早去了銀行提款，把所有錢都拿出來……」剛好護士轉更，健頤卸下制服下班了，她對我母親再三安慰，說毋須轉院，一席話又增添了無限安全感。從天而降的健頤把整個局面扭轉過來，滿室陰霾盡皆消散。特別大的隔離病房一下子變成豪華私家病房，房間還有伸出半空的舊式陽台，可與家人揮手作別，可仰觀日月星辰哩。

當時我們所知有限，醫務條例是否准許患這種傳染病的病人出院、轉院，私家醫院是否願意接收，都不清楚。主診醫生是傳染病專科醫生，看了病歷，說：「你住下面時沒吃特效藥，至今依然斷斷續續在發燒，我即刻開給你吃。」我瞪大眼睛，想說怎麼不及早處方施藥，但既然已成過去，也無謂多說，便把話吞回去。數天後有個女衞生幫辦來探望，想了解病患的源頭，又因為我住在學生宿舍，她顯得頗為憂慮，所以問得特別仔細。我說飯堂衞生應無問題，倒是在病發前數天曾去大角咀戲院看戲，在旁邊的茶餐廳吃了牛腩麵，那麵很不乾淨似的，卻勉強吃了。

接着的留院日子就在恩典中度過。母親依我所求，天天帶來報紙，隔天一束薑花，和沒有湯渣的湯水。東西放在大門口，我立在幾呎外，讓她瞧見我。其他食物一律不准送來，病人只能吃醫院提供的食物。理由是細菌入侵腸道，攻擊腸壁，腸壁因而脆弱，絕對不能再強烈蠕動，含纖維性、有刺激性及堅硬的食物不可入口，萬一腸壁破裂，性命就不保了。從前醫學不夠昌明，患病致死者也不少。

當時慣稱做雜務的護理員為 amah，其中一位叫霞姐的待我極好，一見我母親就熱情招呼，原來她在鄉間曾感染此病，幸而撿回性命，不過也掉了許多頭髮，我聽了直打哆嗦。大哥買了一部三洋牌錄音機和關正傑錄音帶給我，這錄音機機身嬌小，放床頭櫃頂最合宜，不過價錢比其他日本牌子貴上兩三成。此刻，只要病中可以紓解憂煩，錢這些身外之物都毫不計較。護士長是個修女，護士帽子下再披頭紗，但是穿醫院制服而不穿修女袍，跟病人說話常流露關心，不端架子。醫生有時跟她說笑，護士在她跟前也沒有戰戰兢兢，從旁觀察後，我也喜歡她了。夏日燠熱，薑花花香繚繞，予人清涼，護士每走進來跟我探熱，就讚道：「香極了！記得天天換水呀。」李商隱詩云「維摩一室雖多病，亦要天花作道場」，薑花香氣滿室瀰漫，病苦與仁愛匯聚其中，禪理化為實在了。

若干年後，跟一位醫生朋友談起，對方說：「嗯，你的病歷已經入了香港傳染病的統計檔案了，患傷寒這種病其實少之又少，機會率比中六合彩還要低。」弄得我哭笑不得。

六合彩獎金當然沒有我份兒，不過大病不死，等於六合彩巨獎在懷了。霞姐在患難中盡心盡力扶持，健頤於我簡直大恩大德，恩深惠重，難以盡述。政府對傳染病之重視，也值得一讚，住院一月，分毫醫療費也不用支付。唉，「父母唯其疾之憂」，當年天天登山探病的母親如今已年逾九十，竟爾連子女都認不出了。父親哩，半生貧寒，在製衣廠的熨衣部揮汗如雨，盡力撐持一家，所以對於金錢，向來非常節儉。可是驚見女兒一病沉痾，命若游絲，竟然毅然決定傾盡畢生積蓄來救治。我從未想過父親會作這樣打算，都怪自己不體念親心，就為了不願接受隔離就任性地哭，加深了父親的憂慮。生死渡頭，矮矮胖胖的父親為了搶救女兒，竟是一副勇不可擋的姿勢。二十年前，我再次立在生死渡頭，軟弱乏力，淚下如雨，忍看捏住紅簿仔，獻上一生血汗的身影，遽逝於煙水茫茫。

二〇二三年七月

犬

那是單幢樓的一層，走廊窄窄的，親戚租住屋裏的小房間，姑婆帶着幾歲的我去探望。鐵閘沒關上，按按門鈴，木門打開，竟然跳出一隻黑毛犬，直撲向我！我慘叫，背身狂奔，狗追來，狠狠在大腿上咬我一口，我仆跌地上，姑婆趕緊扶起抱住，屋裏的人才把狗驅往屋裏去。

那時天寒，我穿了燈芯絨長褲，褲子破了，大腿留下犬牙印，入肉了，傷痕沁出一點血，可見那頭狗不只是吠幾聲來製造聲勢，實在是仗勢欺負，有意噬陌生膽小的孩子。親戚遞來紅藥水，卻沒有消毒火酒，姑婆連忙輕輕拭抹傷口，再塗紅藥水。咬爛了的長褲棗紅色，與紅藥水紅中帶亮橘的顏色，合為一幅影像。加上被狗連追帶咬，自己逃不過狗口，這一段意外雖然只幾分鐘，可是驚心動魄，嚇破了孩子的膽。姑婆叫親戚從狗身上剪了幾條毛，用紙包住，放在我的褲袋裏，說可以壓驚。

狗吠狗追狗咬，猖猖然，面目猙獰，動作凶狠。天生怕狗的孩子，偏偏給狗咬傷。幸虧燈芯絨質地厚實，替我減了一些災劫，我受的只是輕傷，表皮受傷而已，不料到一場夢魘之後，竟發燒了兩天。

狗主沒有道歉，只淡淡道：「我的狗打了針，不會有瘋狗症。」我當時實在太小，又慌又痛，連生氣也不懂得，待回家後家人鄰居都罵狗主不把狗拴好。到如今，我終於懂得責備了：任何一個公民，都應該有社會責任，有甚麼足以傷人的事情都一定要防止發生，不然就太缺德了。

我受了驚嚇，奇怪幾十年後那景象猶歷歷在目，原來可怕的回憶已經植入腦皮層的深處，即使歲月已逝，自己亦無心去記，傷痕卻無法磨滅。唉，傷痕一道，烙印了孩子的無辜。

二〇二三年八月

龍飛翥舞麥芽糖

金金的糖漿幼幼地從壺嘴傾注下來，落在板上，賣糖人兩指把壺蓋按緊，三指控住壺腰，掌心護着壺身，手臂則忽上忽下時左時右，雙目凝注，入神於板上動物。入神的當然還有圍觀的坊眾，尤其是孩子如我。茶壺小小的，麥芽糖置壺內，壺嘴化為筆鋒，筆走龍蛇，稠稠的麥芽糖是顏料，一滴一滴，灑在板上。頃刻，蝴蝶拍翼，青蛙吐舌，兔子跳躍，猴子縱身，龍，恍惚直飛九霄雲外。哎，其實都化為零錢，叮叮噹噹落在賣糖人袋裏。

第一滴麥芽糖滴下來那刻開始，圍觀者已在猜測，這趟究竟做甚麼呢？

既屏息以待，又七嘴八舌，「羊，有角的」，「是金魚，看，魚尾撒開了」……賣糖人，一壺在握，得心應手。他有時把手臂揚起，糖絲拉高，扯薄了，落下便纖細如花針，用以描畫觸鬚、尖喙、利爪和山羊鬚。壺嘴偶爾低注，濃蘸糖漿，一些部位加厚了，於是腹臀飽滿，肌理浮凸，厚薄有致，視覺立體。

「畫一隻大麻鷹啦！」「畫鯉魚，魚躍龍門嘛。」圍觀者看得高興，要「點唱」了。賣糖人但聽而含笑，自有主張，不受指揮，小鏟子只撬一下，飛禽走獸甩出，竹籤黏之，麥芽糖黏性強，黏得牢，便豎在攤子前面特製的木條上，生招牌活靈活現，搖曳生姿。有些顧客喜歡現買，接過，轉一轉，端詳一番，糖未入口，已一臉甜絲絲。拇指跟食指拈住竹籤，玲瓏通透正好炫耀在手，伸出舌頭只舐一舐，享受擁有，可捨不得咬碎。有些指明要甚麼，賣糖人聞語點頭，生意落實，微露笑意，提壺揮灑。圍觀者有所期待，便睨着畫面，瞧賣糖人手勢，看勾勒，積點成線，積線為圖，一筆過，不停頓，無斷續，一氣呵成，動物跳脫板上。即做即賣，標明價錢，動物收費，各有身價，其中以龍賣得最貴。

說賣糖，哪是賣糖呢？醉翁之意不在糖，在於栩栩如生的造型，在於畫畫過程帶來視覺喜悅。原來這是中國民間藝術之一，古代市集和廟會已有之。那時香港已流行獨立包裝的「甄沾記」椰子糖、果汁味的發達糖、美國「能得利」橡皮糖、軟糖等。麥芽糖味道單調，裝粗瓦缽裏，國貨公司有售，儘管價廉，未獲孩子歡心。偶有乾瘦老頭在清冷一角，把麥芽糖夾心梳打餅放透明箱子裏賣，殊不吸引。可是麥芽糖可塑而穩定，不易變形，不受潮，畫畫的掌握這些特性，以糖繪畫，有了噱頭，又有看頭，遂成謀生工具。

畫老虎畫大笨象圍觀者都開心，不過最興奮是頭角崢嶸觸鬚飛揚那刻，必有一兩聲喊起來：「嘩，龍呀！」「幾生猛嗚！」氛圍馬上熱烈起來，立在旁邊的靠攏些，站在後面的探頭窺望。而龍，就在誰都寄予厚望下隆重誕生。畫龍慣好，賣糖人顯然有意經營，更花時間心力。可是他畫龍畫得特別生動嗎？又似不然，其他動物一樣生蹦活跳哩。

當年社會貧窮，可是總也需要一點娛樂、一點文化滋潤。賣糖人可能是個不得意的畫家，窮裏變通，放下身段，市廛賣藝，腕下運力，化虛白為鮮活，讓花鳥龍蛇逐一登場，賺得叫好之聲。這場景乃街頭偶遇，今天攤子圍滿了人，明天那兒已空蕩蕩，坊眾與動物俱散。大抵即席畫畫，初看新鮮，多看無趣，除非插足遊客區，不然賣糖人得流浪四方。我童年時在深水埗南昌街僅看過二三次而已，時隔多年，往日景物無復尋覓，回憶仍歷歷在目。

古往今來畫過龍的畫家真不少，已經把龍畫得非常有皇者氣派了，且看，眼則金睛怒凸，身則流線矯健，尾則揚起似騰，爪則五指欲攫。龍，中國的圖騰，象徵吉瑞，代表成功，成語裏用龍字的絕大多數為褒詞。可是，怎麼沒有因畫龍而成名的畫家呢？畫動物而成名的卻大有人在，畫馬有韓幹、畫蝌蚪跟蝦有齊白石、畫牛有李可染、畫鶴有林湖奎。然則，龍之為物，未能給畫家助力。

又有所謂龍年效應，一些父母刻意製造兒女在龍年出世，覺得龍子龍女先天佔優。屬龍的在文壇有余光中、藝壇有白雪仙、商界有李嘉誠，皆為人中之龍。不過，不屬龍的也不乏翹楚，究其實，十二生肖各有出色人物，龍年出生的不見得獨領風騷。這又說明了甚麼呢？

人生世上，哪管生肖屬何，同樣是壺裏麥芽糖，都有不可知的未來。而麥芽糖是可塑的，可是，由誰去塑呢？誰是提壺那隻手？他力推動還是自力運行……怎能分辨？

唯傾注前的部署，滴下時的謹慎，一筆到底的決心，這些畢竟可以自控的。倘若連提壺也懶洋洋氣懨懨，又怎望麥芽糖有龍飛翥舞之日呢？

兔子撲朔迷離就跳入臘鼓聲裏，今年飛龍昂首，所謂「雲從龍」，善卜者相信天上祥雲簇擁，人間瑞氣充盈。那麼珍惜龍年好景，讓金金的麥芽糖萬里翺翔龍飛翥舞吧。

二〇二四年一月

街頭小吃香猶在

在太古城中心地面看懷舊街頭小吃展覽，模型重塑了大笪地，但見車仔檔林立，美食紛陳，恍惚香氣氤氳，穿透玻璃櫃向我飄來，一時間神馳不已。

這模型很迷你，內涵居然包羅百味、濃縮萬象，把當年擺賣街頭的南北美食一一召來，縮龍成寸，在細小的空間裏各自表述，而造型極之精妙、細緻、傳神、生動，可謂嘆為觀止。在佈局上，以大笪地飯店為背景，灰舊牆壁上批盪甩落，營造貧窮氛圍，實際上，從街頭到巷尾，由球場到戲院，街邊擺賣，在平民區處處皆然。這場景雖然虛擬，實則正是當年即景，剎那間舊日香江風情復活起來，生氣勃勃，立體而鮮活地重現。

街頭叫賣固然不乏游兵散勇，然而聚合某點，儼然臨時市集，號召力當會更強，於是木頭車以插針姿態擠入，各有地盤。且看木頭車雖則粗陋，但已包含了廚房所有功能，熊熊爐火，多格不鏽鋼煲，醬油芥末，竹籤碟子，更有大光燈照明。一時間火火旺旺，炊煙四溢，香氣混合，誘動飢腸。

一些食物早已消失街頭，如臭豆腐，我從未吃過，可是油鑊氣泡冒起，滾油吱吱地響的景象宛在眼前耳際。紅泥炭爐烤魷魚，香氣傳得最遠，偏又湮沒已久，後來我在超市買魷魚乾，當然風味無存，而我的胃可能是貪吃魷魚吃壞了。煎釀三寶、紅豆沙已升格為酒樓點心，車仔麵、及第粥、艇仔粥、油炸鬼、豬腸粉、鍋貼、生煎包、煎餃，甚至雞蛋仔都移進小食店。可幸炒栗子、烤番薯仍星星點點在嚴寒季節溫暖人間，安慰隆冬趕路的行人。

幸好展櫃裏滿眼美食，提醒了我，讓我領悟到自己的童年其實算得上吃得不錯了。街頭美食洋洋大觀，豐富得不讓五星酒店自助餐專美，價錢則相當親民、貼地、實惠，普羅大眾都有能力幫襯，備嘗滋味，得享口福。我這窮孩子在袋裏有五角時，可以買一碗用大面盤煮的碗仔翅，然後不顧儀態就站在路旁，吃下熱氣騰騰的B貨魚翅。就是沒錢，也故意在木頭車之間繞過，聞聞住家廚房所不及的濃香，聽聽賣牛雜的用剪刀敲打爐邊以廣招徠，那一片市聲，那糅合蒸煎炸熏熬而成的一片香氣，原來那麼體貼地滋潤了我的童年。

二〇二四年三月

3 人間事

珍珠鑽石玉石尚——悼余范我存師母

「長大後／鄉愁是一張窄窄的船票／我在這頭／新娘在那頭」。這新娘，自一九五六到二〇一七，共六十一載，天地悠悠地與詩人余光中牽手。如今，這新娘也隨着詩人在煙水迷茫的鄉愁裏消逝，刻印在文學史裏的，不止是新娘倩影，更刻印着珍珠鑽石古玉的溫厚。

初見師母，不在中大火車站那碰觸鄉愁的鐵軌旁，而在大會堂劇院。她坐在前排，凝神傾聽丈夫演講，這神情這深情，幾十年不變。當天她穿旗袍，香港時期她特別愛旗袍，看來淡定又淡雅。最後見她穿旗袍是在余教授七十大壽，那時她也六十七了，大紅旗袍穿在她身上顯得雍容靚麗，整個人煥發着屬於她那年紀的女性風華。紅色是她衣服的主色；紅色特有的明艷她穿得起，不止亮而不俗，還帶給人溫暖愉悅的感覺。

一九八一年春節隨一班文青到中大宿舍第六苑拜年，是我第二次見師母。她先煎些糕點奉客，然後拿起剪刀把張張紅紙剪成「春」字，但見一雙手伶伶俐俐，毋須起稿，卻字形勻稱，富於美感。大概我的眼神流露驚嘆，她笑着就把新裁的「春」字相贈，還說：「不難的，只要那個字對稱就能剪。」余教授略一思量，便說：「余光中三個字都對稱哩。」這一幕看似尋常，卻是小說草蛇灰線伏筆千里一樣，師母善解人意，樂於分享的本質數十年如一，其心靈手巧的天賦，則於日後大有發展。他們一個時刻沉浸於中國文字，一個醉心於中國藝術，魂夢都縈繞着中國情懷。至於夫妻互相啟發，充滿默契，共悟人生，正是甲子婚姻裏的境界。

兩三年後，師母說她和鍾玲教授想去深水埗鴨寮街看看古玉，叫我帶路。攤子貨色都不合眼，終於在南昌街當舖前遇見一個賣玉老頭。老頭把上百件玉器掛在脖子，穿在手臂，綁在褲頭皮帶，儼然流動展覽攤子，蔚為一景。她倆便從左而右仔細挑選，把心儀的捧起來端詳，又把入過土的舉起，借着日光從「開天窗」察看玉質，然後冷靜議價。又兩三年，她從高雄回港，叫我陪她去南昌街買彩線，原來她已學習打中國結了。

婦女喜歡買玉，再用繩子繫着來佩戴，也很尋常，她倆卻把興趣深耕，沉溷多年後，都成為功力老到的古玉鑒賞家。師母更因雙手靈巧，懂得設計及編織中國結，在台灣享負名氣，成為專家了。《玉石尚》是她的著作，圖文並茂，把古玉與中國結美麗地結合。

夫妻常常有影皆雙，師母可不只是「跟得夫人」，往往在發問時段，聽眾半粵語半普通話的提問，余教授總是聽得一頭霧水，師母便適時解圍。她生活接觸面較廣，粵語聽講能力強，於是即時傳譯，更把問題梳理，簡潔扼要道出。最叫人難忘者，是她一口女高音的優雅，清脆玲瓏，悅耳動聽，韻味天成。到了跟她相熟，才發覺這嗓音常常仗義執言。有次登山，驚見天羅地網，原來獵殺飛鳥者早已佈下，眼見好鳥慘遭毒手，她怒不可遏，高聲喝罵，對方唯有落荒而逃。呀，好一口清揚的女高音。

詩人愛妻，屢屢見於篇章，結婚三十周年是珍珠婚，他在海運大廈的珠寶店買下珍珠項鏈，還寫着「三十年的歲月成串了……每一粒都含着銀灰的晶瑩/溫潤而飽滿，就像有幸/跟你同享的每一個日子……每一粒/牽掛在心頭的念珠/串成有始有終的這一條項鏈/依依地靠在你心口/全憑這貫穿日月/十八寸長的一線姻緣」。這首詩流傳甚廣，許多讀者都知道，可是三十年後的鑽婚故事則鮮為人知。

到了結縭六十載鑽石婚之時，鑽石戒指幾乎要悄悄買下來了，豈料師母說：「哎呀，買鑽石給我有甚麼用呢？不如拿這筆錢來捐吧。」我追問：

「捐給甚麼團體呢？」師母對佛教很有好感，還以為奉獻釋迦了，想不到是捐給一位美國神父，這神父多年來都悉心培育台灣原居民的孩子。

一位女性，竟然捨得把鑽婚禮物捐贈，還能說甚麼呢？這除了反映出樂善的美德外，更流露出對婚姻的自信。丈夫對自己的深情，見於無數細節，見於〈三生石〉，又何須借一顆鑽石為證？珍珠項鏈的綿綿情意，溫潤完美地留在文學史裏。鑽石戒指的璀璨，不曾閃耀在她的指間，卻長留在原居民的心田。

鑽石婚之後，師母又把辛苦搜集得來的新石器時代齊家文化玉器三十二件，捐贈給中大文物館，圓了愛玉惜玉贈玉的心願。文物館舉辦了展覽，上古人類之智慧，遠古文明之質樸，呈現人間。

化恩愛為仁義，關顧弱勢社群的成長；獻珍藏於博物館，讓公眾共享同研；這女性的視野心胸很不平凡。

師母是常州武進人，生於一九三一年，父親范賚留學法國，受了存在主義影響，把女兒名之為「我存」。母親孫靜華留學日本，專研養蠶繅絲。父親回國後在杭州大學任教，一家三口居於杭州，童年歲月尚算安穩，怎料父親短壽，她八歲失怙。之後抗戰爆發，母女輾轉流離，媽媽把她放籮筐裏，擔竿挑着奔路。小女孩也學會了野外求生的技能，生火、繩結、摘果、紮營甚麼都會。邦災國難，炮火連天，種種艱苦，這抗戰的孩子都挨過，堅強的性格由是磨練。後來在台北與表哥重逢，共諧美眷，他們住過的廈門街成為文學地圖重要的一站。近二十年大陸許多大學邀請教授演講，出門頻率之繁，真是一項紀錄。還有，中文大學、澳門大學、台灣中山大學、政治大學都頒授榮譽博士銜。每個講座，每個典禮，師母都伴在丈夫身邊，在掌聲中鎂光裏，她一派從容，滿心喜悅，以丈夫的成就為榮。我們也深深明白，那些成就，她居功至偉。文友讚嘆：「師母說起文學來，頭頭是道，以詩人妻子來說，她實在太稱職了！」在余教授的天地裏，怎能缺了師母的扶持呢？

師母並未強調女性主義，卻游刃於傳統與現代，自如於詩人妻子與新女性的角色，既守住愛夫相夫的本分，更因古玉之愛而自創天地。雙重身份使她更有分量，在余光中的光中，有本事散發出屬於自己的光芒。

那回東京地鐵站內，萬頭攢動，獨不見妻子，詩人一下子方寸大亂。妻子短暫消失，已教他不能消受，那麼，走到生死渡頭，怎辦？他預言自己先行，「當渡頭解纜／風笛催客／只等你前來相送／在茫茫的渡頭／看我漸漸地離岸／水闊／天長／對我揮手」。意境蒼涼，不忍讀之，正是他離世的光景。「在對岸／苦苦守候／接你的下一班船／在荒荒的渡頭／看你漸漸地靠岸／水盡，天迴／對你招手」(〈三生石〉)。荒荒的渡頭上，詩人苦苦守候她六年，如今夫妻終於再續情緣。

十二月八日告別禮裏，最先向靈前鞠躬致意者是前總統馬英九先生，他在余教授生前死後都曾親赴余府拜候。接着由二女余幼珊、鍾玲教授、九歌出版社總編輯陳素芳、美術館導賞代表致悼詞。遠來吊唁者有來自常州（師母家鄉）與永春（教授家鄉）的代表，從香港來的有江妙蘭夫婦和我，來自台北的有羅青、高天恩、單德興、葉國威，還有遠在加州的表親。家鄉、台北、香港以至高雄，正是他們一生所寄，她走到哪裏，哪裏就有溫暖的氣場。親友不辭路遠，執紼送別，路有多長，情就有多長。

惜別依依，我彷彿看見詩歌裏永恆的新娘，穿上旗袍，戴着珍珠的瑩然，負着鑽石的剛毅，抱着古玉的溫潤，在煙水迷茫的鄉愁裏消逝。荒荒的渡頭，詩人在招手，在相迎。

二〇二三年十二月

珍珠鑽石玉石當一樣

鄉愁暫厝旗山上

旗山，位於高雄市中心的最高峰，翠巒疊嶂，山氣清逸，俯瞰則一片蔥蘢，余光中教授與師母范我存女士的骨灰暫時厝置於此。

二〇二三年十二月八日，舉行告別余師母的儀式，這天也正正是她九十二歲冥壽。晨曦漸露，暖陽映頰，天氣很配合師母待人的風格。前總統馬英九先生拂曉就乘高鐵南來高雄吊唁，最先在靈前鞠躬致意，媒體與一眾已在等待這位有心人。六年前余教授喪禮，他與夫人同來，對一代文宗，敬之重之，一派古風。主持禮儀的高個子昂然立正，給四方來拜祭的親友遞上清香一炷鮮花一籃，姿勢近於軍隊規格。執禮以敬，行禮以誠，場面更添莊重。

親臨執紼的為數不少，代表了多個地方許多單位，反映了大家對師母的敬重。典禮差不多兩個小時才結束，尼姑數位先繞着祭壇誦經，然後擎起楊柳枝，敲響木魚，開路引靈。余家四位姐妹、表親、鍾玲教授、秋菊和我送師母上山。山路蜿蜒，離市塵漸遠，村舍疏落，綠意更濃。殯儀公司的七人車在山巔停下來，那兒有一座平房，正是停厝之地。

供奉骨灰的靜室不大，環境清雅，每個骨灰位門面裝飾一致，白底金邊，大方貴氣。木魚輕敲，梵音響起，檀香浮動，觸動了西方極樂的聯想。余教授骨灰位的門本應緊閉，此刻卻打開了，啊，多麼體貼，多麼周到！讓我們親眼看見兩個骨灰罈並排，陰陽分割六載，今夕重聚，終於圓緣。罈前擺放精緻相框，彩色相片印記了宛在的音容笑貌，景象撼動，我當下感動莫名，只覺亡者安息，生者釋懷，一切完滿。罈子晶瑩素白，皎如明月，靜室恍惚明亮了。這靜室，暫厝了文學史裏觸動萬方的鄉愁，暫厝了甲子而永恆的恩情。

他倆都是抗戰的孩子，少年在四川度過，夫妻以川語對話。這靜室，從此於無聲處，會有悄悄情話，別人無法聽見，他倆卻說個綿綿無盡。

二〇二四年一月

牡丹，還可以挑剔嗎？

怎麼牡丹忽然仙降人間呢？眼前牡丹，花瓣盡放，開得比碗口還要大，濃艷芬馥，怎能不怦然心動？此刻方明白歐陽修因何以「不勝其麗」來形容洛陽牡丹了。花攤同時擺賣多種鮮花，玫瑰、康乃馨、桔梗、向日葵、雛菊，滿天星……花花世界，萬紫千紅，花型、姿態、顏色，各自妍麗，都給比下去，我一時間為牡丹所迷了。

香港老式茶樓常掛上牡丹國畫，橫幅，黑框，濃紅艷紫。幼時看了，不甚喜歡，許多年後才知道畫牡丹，是按朵數收取筆潤。賣畫謀生有其難處，求畫者亦多是商人，各取所需而已，於是壁上一片俗艷，與喧騰融和，成為舊時香港一頁風景。再次遇見牡丹仍是小學生，〈愛蓮說〉誰不背得滾瓜爛熟？「牡丹，花之富貴者也。」為我這窮孩子而言，富貴實在遙不可及。長大後，受了甚麼「君子固窮」影響，頭巾氣令我忽略了牡丹艷姿。

牡丹，大概不會成為我的「甚愛」「獨愛」。

數年前花攤有小牡丹，綠葉相扶，「牡丹綠葉」這成語立刻跳出來，既然相逢，不猶豫就買下來了。花蕾大小跟乒乓球相若，花開幅度有限，嫩紅欲滴，來自荷蘭。荷蘭，花國也。從中國移植去的牡丹，飽吸異國地氣、溫度、空氣，花繁枝茂，終於飛過白雲回到老家，風車木屐猶花影晃蕩，花瓣已吸滿了香江水，不，也許珠江水吧，在水晶花瓶盛放。呀，真有點融匯國際，兼收中荷，很fusion。

春末夏初，四月到五月，這一個月來，桌上牡丹，來自山東，地道國貨。以觀賞言，看不出中洋之別；以消費言，土產相宜。我一向不惜買花錢，總是破慳囊，抱花回。牡丹花蕾不大，把花心裹得嚴嚴密密，怎知內蘊呢？等得綻放，始知層層花瓣重重心事。難怪《紅樓夢》以牡丹比喻薛寶釵，牡丹深藏而複雜，多似寶釵。那麼，牡丹又有甚麼心事呢？賞花愛花者，看千百回，莫能知之，是個謎哩。

瓣兒很薄，薄得微微透明，唯其薄，更覺矜貴。教我聯想起幼時吃過的元朗嫁女餅，粉紅那種皮薄色艷，多層酥皮也是複複疊疊，結構竟與牡丹暗合。

金蕊紅瓣，花蕊纖纖密密，聚其中，形成芳心一束。花莖修長，莖上綠葉，疏密有致，一簇數葉，不多不少，紅綠互為映襯，豐富了花枝。「紅配綠，看不足」，完全符合中國美學。至於香氣，有些不負天香之名，但香氣全無的也有。

剛好《花開中國》電視節目其中一輯主題是牡丹，我恍惚夢入花天花地，在疫情嚴峻下，大自然的花中之王，健康且無憂，盛放着唐宋餘韻。武則天一怒而貶植洛陽，劉禹錫謂「唯有牡丹真國色，開花時節動京城」，歐陽修居官洛陽，採風問俗而作〈洛陽牡丹記〉……文化回憶繚繞花枝。

牡丹種子，從豆莢邊緣破莢而出，褐色，發亮，有點像龍眼核。氣溫持續兩個月要低於十度，埋地下淺層的種子方能發芽，開花期短，僅廿天。「洛陽之俗，大抵好花。春時城中無貴賤皆插花，雖負擔者亦然。花開時，士庶競為遊遨，往往於古寺廢宅有池台處，為市井張幄幕，笙歌之聲相聞……至花落乃罷。」（〈洛陽牡丹記〉）北宋洛陽賞花光景，與日本賞櫻花如出一轍，可謂一樣賞花處處同。

至於品種則由二十四增加到一千五了。牡丹家族龐大，品種繁多。山東老農孫文海三世皆種牡丹，他半生都奉獻於栽種、嫁接，憑經驗開發新枝。用粗頭棉花棒把花粉播到另朵花蕊，下一代牡丹便兼具兩朵花的特徵。說得容易，其實極之專業，他把經驗寫在祖先遺留下來的花譜，心得便得以傳承。牡丹，花魁也，國寶也，花農四時辛勤，血汗灌溉，不然百花園哪得姹紫嫣紅開遍？

花季是眾所盼待，尤其是聚焦牡丹的攝影家桑秋華，數十年廢寢忘餐留下牡丹倩影，縮時拍攝把綻放剎那捕捉，上載網上，看得人「心凝形釋，與萬化冥合」。牡丹艷名，雲端游走，名動遐邇。他生活節儉，唯獨攝影器材要買最好的，妻子體諒地如此說。

相片雖好，科學植物繪圖仍另有功能，畫家孫英寶憑着標本，借着放大鏡，加上個人認知，精細工筆，墨分五色，勾勒牡丹花瓣、花蕊、根葉等器官，纖毫畢現，又富於美感。中學生物科常以這類圖來輔助說明，圖文並茂，對學生裨益很大。不過，這類畫需求日少，畫家生活清苦，依然不離不棄，只為了牡丹之愛。唉，愛牡丹者並不一定是富貴中人。

植物學家曾秀麗遠赴西藏研究高原上野生的大花黃牡丹，發現五米多高的巨株亭亭而立。海拔三千米的溫度、濕度、降雨量，皆影響名花開落，一隊學生追隨她記錄、研究。唉，研究可能要做十至十三年方有成果，而她漸覺體力下降。她把一顆種子贈與愛花藏民，名花落在尋常百姓家。原來牡丹以豆綠、明黃為貴，結果一樹繁花，高比門楣，開花期長達一個月，連農學院培植的也不如。無私分贈，樂見花開，這樣才能稱之為高貴。高貴，不就是王者之花的風範嗎？

北上，西遊，牡丹更行更遠還生。原來二百多年前，西方人看過牡丹圖，認為美得不可思議，便以為跟龍一樣只是圖騰，子虛烏有，直至擁有標本，又看過科學植物繪圖才肯信之。英國皇家植物園邱園珍藏了牡丹標本。百年前奧裔哈佛學者約瑟夫・洛克（Joseph F. Rock），與甘肅禪定寺土司楊積慶結拜兄弟，獲贈紫斑牡丹種子，於是美艷大使，異域生根，西方稱之為「洛克牡丹」（Rock's Peony）。緣結於荒涼西北，跨越國籍而深交，至於天香國色，落入誰家誰園，都是人間美事。

近年研發種子榨油，其質清透，盛在線條優雅的玻璃瓶子裏，令人聯想開花時節。牡丹皮居然是藥材，乃名方「六味地黃丸」主要成分。噫，此花色相迷人，艷冠群芳。此花本質善良，一株花任何部分都貢獻世人。看花的，還有甚麼理由可以挑剔呢？

所謂「春發芽，夏打盹，秋長根，冬休眠」，牡丹在大自然裏，以其獨特軌跡年年而生，在大千世界散發魅力。若謂「天下真花獨牡丹」，則於眾芳殊不公允，不過，從多角度去分析牡丹，也不能不承認，牡丹雖非我的「獨愛」，卻已然「甚愛」了。

二〇二二年五月

一鑊一頓悟

按下煤氣煮食爐那圓鈕，「噠噠噠噠噠」一疊連聲，是氣體直通噴嘴，打個響亮招呼。魅藍暈着橘光，火焰環形奪出，熊熊烈火，衝往鑊底。那「嫌廚房太熱，可以離開」的腔調，站在爐邊的我豈不領略？還未下油哩，熱力已漸漸輻射，從一隻生鐵鑊開始，向我逼來。而我，算不上駕輕就熟，之所以用多了炒這方法，是因為曾經站在鍾玲教授身邊，由她耳提面授，學會炒青菜。炒的奧妙，有點領略了。

之前，我用過多少隻鑊？甚麼性質的鑊？這麼想來，竟爾生了一番頓悟。

廚藝，當然欠奉，曾經試過一次鑊得燒太紅，嘩！「搶火」，火舌跳起，跳得一呎高，嚇得我慌惶後退。驚悸的心理陰影未除，以致許多年不敢起鑊炒菜。鑊，根本不常用，偶爾用之，也不過煎煎鮮魚雪蝦，故此買鑊時便顯得草率，沒有方向，欠缺深思。

百貨公司裏頭陳列了許多平底易潔鑊，只考量尺寸和價錢就買下了，然而沒多久，就發覺不論煎與洗都不容易，所謂易潔，不過在初用時。標榜賣點在順滑，竟像青春一晃眼就消逝了，可憐我還不幡然醒悟，下一隻鑊也是同類型的。甚至買過外國品牌奶白色為底的，一見色澤柔和，也不假思索，渾忘了「格物致知」這大道理。鑊，浸於汪汪食油，兜以稠稠芡汁，怎可能保持淨白？

差點就可以用重蹈覆轍來形容這消費習慣，不只後知後覺，簡直是不知不覺境界混沌，咦，怎麼不改用其他呢？唉，別怪自己了，心為形役，體力不勝，哪有功夫研究鑊裏乾坤？

如今回憶買鑊情景，才想到事情不是這麼簡單，其中涉及許多因素。個人而言，我中學時化學成績不錯，猶記得鐵（Fe，化學符號，來自拉丁名 Ferrum）特質是硬度高、傳熱快，這特質善用了便成為鑊的材料。從前大排檔炒菜炒得活色生香，不就是因為一口大大生鐵鑊在火舌焚燒嗎？哎，易潔鑊那層薄薄貼膜根本不能接受高溫，既然不耐火，偏向火中熬？至於純粹不鏽鋼鑊，乃至不鏽鋼懸浮鑊等，堅剛耐用，不過感熱慢。生鐵如飛躍羚羊，不鏽鋼似牛仔跑步。何況，供應那方面唯利是圖，總之品牌輝煌，賣相不錯，推銷有道，就能賺錢，哪會處處體貼爐邊廚子？

消費是自由的，沒有人強搶腰包裏的銀兩，信用卡是顧客自動奉上的。不過，消費者也不完全自由，供應甚麼，就只好買甚麼。噢，我這不高明的廚子，疲倦的在職婦女，在家品部燈光、冷氣、空間、擺設氛圍下，一而再陷網中而懵然不察。而鑊，一隻比一隻貴，竟接近四位數字。

好了，終於不負當年所學，以化學科高材生姿態，在工展會攤位買了某品牌生鐵鑊了。中式鑊弧度理想，鑊鏟翻來兜去，圓順無礙，高溫下揮灑自如，得心應手呢。不過，鑊很重，難為了雙臂，又落入兩難局面了……幼時情景浮上心間，炒菜一流的順德師奶用的那隻鑊，啊，不易買到了。廉價東西，大公司不屑青睞，家品店懶得上架，那麼，要去上海街尋尋覓覓了。那天，滂沱大雨，好不狼狽才抱着鑊上車，然後用肥豬肉、韭菜開鑊，豬油濃香滿溢，鑊面烏光油亮。

這隻鑊，其貌不揚，九十元，好用耐用。至若鑊氣，以生鐵鑊為起點，從童年回憶出發，大排檔後鑊師傅與順德師奶的手勢匯為示範。一把青菜，在火光裏煉，在鑊鏟下轉，鑊氣修成，乃瀰漫小廚，洋溢碟上，留香齒頰，快意肝腸。

一隻鑊，還提醒了，精明消費嘛，我何曾是呢？

二〇二二年六月

電暖氈

立冬已過，香港猶是一片輕暖，陽光金燦燦的把花木照得明艷，滿眼姹紫嫣紅，紅邊竹蕉、蒼綠羅漢松，還有穿短袖衣裳的行人……漫不似冬日光景。小雪剛臨，雨絲飄飄，有點涼意了，可是寒氣未至，依據天文台的推斷，壬寅年的冬天還要多躲幾天哩。

我那張電暖氈早已鋪在床褥與床單之間，三段熱力的電掣低垂床畔，還未接上電源，至於給父母買的那張，在父親去世後數天已連床褥一起扔掉了。這些亡者很貼身的東西，老一輩人覺得忌諱，加上也很舊了，母親不假思索即棄之。

猶記得永安百貨周年減價，報紙廣告提及英國品牌的電暖氈，保用期居然有五年之長。電器涉及安全，品牌是優先考慮的因素，那品牌歷史悠久，應可放心，於是特意跑到美孚新邨的分店去。那時我收入數千，中等薪水，既然有其實際需要，一口氣便買了兩張。在熙熙攘攘中排隊付費，然後提着大袋在顧客的購物熱情中離開。

一國之盛衰、個人的強弱，有時竟在片刻之間陡變。從前父親一直擔任照顧他人的角色，有次晚宴之後，一個不太伶俐的老親戚憂心回家路線，他聽了立刻自告奮勇，不辭路遠就護送了。可是，六十歲時心臟病突發而獲救，那一刹那，生命線猝不及防地出現分水嶺，命運不可逆轉地來臨。他忽然羸弱，心事重重，由於口吃，本來就談鋒不健，病後變得更為沉默。他個子矮小，中年發胖，遵醫生吩咐戒煙、減肥，兩項都不容易，生存意志驅使他依足而行，結果很快就消瘦了，然而精神很不爽利。老病交侵，變成處處受保護了。

老了，瘦了，自然畏冷，冬天坐在朝南的客廳看電視也把棉襖鈕扣扣上。也許身體欠佳，不舒服的感覺說不出來，所以《歡樂今宵》梁醒波、沈殿霞即興「爆肚」，有時笑得人流眼水，他只淡淡的輕輕的牽牽嘴角。香港太冷的日子不多，不過偶然濕冷就覺暖氣設備不足了，這則廣告觸動了我，電暖氈不阻礙地方，實而不華，最合時宜。我把卡紙盒子和膠袋拆開，讓父親看看，他最先查看電掣，見是有水線的三腳制式。再留神電線與暖氈接合之處，摸摸毛氈的質地，又架起老花鏡仔細讀說明書中文那部分，才略露放心的神色。

北方家家戶戶都有炕，《紅樓夢》數次描寫上炕，坐臥炕上，地下綿綿的暖意沁來，一室如春，足可渾忘窗外漫天風雪。這電暖氈柔和軟暖，一直庇護，南國一隅，舶來貨讓人享受到上炕一樣的舒適。

父親的前半生都吃苦，十三歲喪父，漂流省城（廣州），買賣故衣，又學會了車帽子，剛巧緬甸需要技工，便簽了合約打工去。三年後掙到一筆錢回港，那筆錢夠在深水埗買一層房子，他卻把錢開廠車帽。香港夏日雖然艷陽高照，但到底不是緬甸的氣候，錢都虧掉，唯有學熨恤衫，此後在製衣廠熨衣二十年，五十歲才轉任不輕鬆的文職。

在事業上他是失敗的，最大的成功是有一個白手興家且事親至孝的大兒子。創富的性格他根本缺乏，包租了唐樓，水喉電燈壞了，玻璃破了，他一雙手去修理，不敢叫業主出錢維修。房間分租給人家，租金相宜。各戶獨立安裝電錶，不多取分毫。水費分攤尤其莫名其妙，居然他先付一半，餘下才按人頭計算。我長大後才知道許多包租很懂得在水電、石油氣、雜費等挖空心思，巧取豪奪。父親是個說話結結巴巴的老實人，這些伎倆完全不會。他留給我的遺產是一雙緬甸帶回來的象牙筷子，以及一些溫暖的回憶。

那年我考入崇基學院。崇基不止校園深秀，宿位也比新亞聯合多，我很幸運能入住宿舍，衣服細軟便分好幾次來搬。在深水埗南昌街有一路往上水的小巴，自抵崇基大埔道正門，他提着棉胎，送我上小巴，我坐定後便跟他揮手作別，直至他的影子消失於窗外，不知為何竟落下淚來。校園雖遠，火車一小時僅一班，小巴車費貴，巴士班次很不準確，可是每周回家一趟總可以的，因何落淚？

電暖氈與棉胎，出現在不同年份不同境況，脈脈相連仍散發着暖意。何以嚴寒不致着涼，為何處世未敢冷漠？興許是曾經在苦寒裏營造了冬暖，寒而不苦，暖而入心，所以總要想辦法把周圍弄得暖和一些吧。

二〇二二年十一月

電暖氈

兩遇「大耳窿」

「大耳窿」因何成為高利貸之俗稱?據說香港開埠初期,放貴利者多為頭纏白巾的嚤囉,他們喜歡在耳珠穿個大得誇張的洞,好把大如銀元的耳環佩戴。形象那麼鮮活,行徑那麼可恨,大耳窿便借代為吸血鬼了。俗稱之由來,是耶非耶?都不重要了,只要不遇上便平安大吉矣。

唉,怎麼我竟然會惹上大耳窿呢?

猶記得那個早上,恰是辦公時間,手提電話響起,來電顯示出陌生號碼,對方是男士,說話態度流露出商業社會那種禮貌:「黃小姐,你是這菲傭的僱主吧,我是XX財務公司的代表。」我倒抽了一口冷氣,天哪,怎會發生這種事？我勉強壓下張皇慌亂，用鎮定的聲調應對，讓對方先說明原委，我在不清楚之處發問。「何時開始借？借了多少？為甚麼借貸額可達薪水十倍……」，原來一抵埗就與魔鬼交易了，而且持續地借，舊債新債，正常利息與過期利息交疊，息加息，債上債，本來不多的欠款，滾雪球一樣化為炸彈，猛然轟來……大千世界，數字魔法，紅塵迷眼，淵藪深不見底。

菲傭為父母而聘請，姐姐先來，她溫婉靈巧，勝過上一個百倍。她想替妹妹謀職，當時父親體力日見衰頹，大哥認為多請一個則人手鬆動。瑣事由我打點，合約經我手簽，僱傭合約當然有我的資料了。這妹妹忠勇得很，只是很不聰明，卻也料不到居然愚昧到這地步。為甚麼手頭拮据，不跟我商量？只覺又氣又驚。

能吃大耳窿這行飯的，肯定有追數的本事；至於僱主的反應，也離不開幾種模式。我雖則從未跟這行業的人交手，可是菲傭欠債然後如何如何，耳聞目睹也着實不少，此刻可謂臨深履薄，未敢魯莽於一時。唯有表示先向菲傭了解詳情，暫且緩兵之計，好讓自己有充分時間來考慮。日光之下無新事，忽然想起好友曾面對同樣問題。她能夠本乎仁厚但不陷於愚蠢，敢於與大耳窿博弈，卒之破解了難題。我心裏也有了主意，仿效這做法吧；期間，我與大耳窿，雙方都保持理性態度，終於達至平衡的和解方案。

那追數電話顯然有所預謀，直接打了給我，想是一旦談判不成，留有後着，故此暫時沒有驚動我父母。倘若父親知悉了，一定憂心不已；萬一母親發現了，一定嘮叨不休。唉，那時父親尚在人間，一晃眼間已二十多年了。

經驗，往往增進了智慧。

下一回，大耳窿還未現身，我已經感應到事有蹺蹊、魅影幢幢了。上一位住客搬走了，裝修師傅在鬆牆，接連兩天有信件從門縫塞進來。不經郵遞而派送入門已經夠奇怪了，還急於星火，接踵而來，信封面尤其透出邪氣，沒有回郵信箱，卻用電子圖章印上巨型電話號碼。閑雜人等，為何管理員沒有擋住呢？淋紅漆的景象觸目驚心，我得先發制人了。不想電話給對方知道，又忘了按甚麼鍵來隱藏號碼，唯有借用管理處電話。

跟上次不同，接電者殺氣騰騰，一副腔調潑皮無賴。我單刀直入，說明舊住客日前遷出了。「真？」「當然。」「可是兩天前同事在單位裏頭見到他們一家都在。」他杜撰故事來試探，我的回答堅定且冷峻。「那這兩封信應該怎樣退回？」「扔垃圾桶啦！」「好。」大概借了錢即刻搬家逃亡的為數不少，這爛仔也沒追問租客下落，棘手的煩惱就在一通電話裏解決了。我的心跳動了好一會兒，才長吁一口氣。接連一段日子，仍帶着警覺，還叮嚀着師傅加倍留神。

元雜劇《竇娥冤》的故事起自高利貸。在竇娥之前，在竇娥之後，在地球無數角落，悲苦的歌聲綿綿的，一路唱下去。可是，和着唱的一代復一代，愚蠢、迷茫、無奈、慘切地唱下去。

二〇二二年十二月

紅葉炫耀在眼前

城中近日「打卡」熱點在紅葉樹下，漁農自然護理署更新了紅葉指數，報章更列舉勝地如元朗大棠、大埔烏蛟騰、崇基未圓湖……看看圖片已覺賞心了，是否出發還未決定，倒驀地相逢了。

不過是城市景觀而已，我沿着尋常路線回家，一路車塵滾滾，快要轉入屋邨了，忽見圍牆內冒出樹梢，紅葉滿枝，招搖得很，霎時間目為之眩，神為之奪。那樹，張開一柄紅傘，擎起一把火焰，儼然主角，風頭佔盡，獨攬光芒。匆匆馳過的汽車，從容步過的行人，穿越樹影的剎那，都蓋上滿身紅霞了。

那刻，冬日暖陽高照，金光遍灑，舉頭想定神細看，正猛的陽光太扎眼，紅葉美艷得不能迫視。「霜葉紅於二月花」，枝頭一片艷紅，是甚麼樹呢？楓香、烏桕、槭樹、欖仁樹？有多少棵樹換上紅妝呢？往前張望，果然前面有兩株較小的，不過仍是綠肥紅瘦。難得相逢，且先賞葉吧，莫負滿枝橘紅了，便繞進圍牆去看，那兒陰涼，又可以看見整棵樹。

不過，拐進圍牆，方向相反，同樣一株樹，不在迎光的角度去看，紅葉便沒那麼艷光逼人了，也難怪印象派畫家那麼追逐陽光。我忽然明白為何另兩株還未完全轉紅了，因為那位置陽光不足。原來這些樹木的葉細胞，除了含葉綠素外，亦含呈黃色的胡蘿蔔素和泛紅的花色素苷，秋日乾燥，寒冷天氣及強烈光照，加速了葉綠素分解，綠色便退卻了。可是，胡蘿蔔素依然製造，花色素苷在這狀態反而活躍，一些樹葉由是變得紅紅黃黃，於是上演了秋天的童話。

呀，造物主設計了精密程式，讓一些葉片按時序變紅，又紅得層次豐富，深深淺淺濃濃淡淡，調色板上怎能仿真？畫家可費神了。

秋天已盡，可是今年太熱，紅葉姍姍來遲。這樹呀，一年光景中平凡日子居多，若不是葉片變紅，誰會樹下徘徊？此時一樹燦然，煥發光彩，自成風景，「打卡」頻率與青睞次數，一時間都享盡了。

園藝師顯然有心種樹於邊緣地帶，一旦時機配合，紅葉怒放，則牆外牆內，皆能窺見，那麼賺得的驚艷、驚喜必是雙重的了。無需遠路尋找紅葉，紅葉已經炫耀在眼前。

二〇二三年一月

撲滿

「恭喜發財」，這句祝頌語真叫人心花怒放。從前過年，香港人把這四字掛在唇邊，逢人都說，舌燦財氣，無往而不利，故此商業機構一提起電話筒就先說「恭喜發財」，成為春節的社交禮儀了。香港很早已開埠，華洋雜處，這指定賀辭便傳之遐邇。不少洋人為了表示尊重華人風俗，也拱手拜年，且模仿着說「Kung Hey Fat Choi」，洋腔說廣東話，逗人一笑，的確拉近距離，增加親切。「恭喜發財」，直率爽快，不造作不扭捏，非常香港作風。

如今風氣變了，或許嫌「恭喜發財」銅臭俗氣，漸漸改說其他祝福語了。這現象反映於其他，便把甚麼圖利的活動都賦予崇高價值觀，兜售說成推廣，高息貸款說為梁山兄弟情義，財團收購舊樓說作改善民生……言語包裝得堂皇而已，發財的意願從來沒有改變。

我幼時習慣聽「恭喜發財」，耳濡目染，對發財一直憧憬，而且死心不息，心裏念念的是第一個撲滿。那撲滿瓦做的，造型粗樸，像兩個瓦碗扣合在一起，頂端則開了一道窄縫，長短寬窄恰好讓硬幣順溜溜潛進去。這撲滿擺放在大南街缸瓦舖的角落，我拿起來摩挲，姑婆便給我買下了。

窮孩子連零用錢也沒有，怎去儲蓄呢？唯有期望過年逗利是。初一是紅利高峰期，之後收入逐日遞減。猶記得拆利是的光景，一盞小燈夾在雙層床的支柱，五瓦特燈泡微弱地亮起，光影黯淡，撕開紅彤彤的紅包，錢幣掉下來，按幣值分類，點算總和，才塞進撲滿。錢幣叮了一聲，從此身影隱沒。金屬與瓦片碰觸，混合了兩種物料的聲音，清脆中又混着粗糙，正是掙錢生涯的寫照。吃苦地工作，換來有尊嚴的溫飽。

璞滿擺在床角落，冷的瓦片透出暖意。當年一屋廿多人，孩子六七，板間房及床位都沒有上鎖，但從未發生過失竊。在那昏暗的鹹水樓裏，愛發財且深信人無橫財不富的，常去澳門「賊船」碰運氣，愛守財的盡量撙節，儘管金錢掛帥，基本操守把持得緊，誰也不動歪念。

我雖然喜歡接利是，可是更懂得看眉頭眼額，發覺到有些人是黑着臉派利是，態度令孩子難堪，心裏害怕，便盡量避免拜年了。而璞滿也漸進為唐老鴨錢罌以至紅簿仔了。

璞滿是中空的，有容乃大，像彌勒佛的大肚腩，滿載禪機。要是瓦璞滿猶在，給我雙手捧住，那麼，搖一搖，會響起甚麼聲音呢？一時間迷惘起來了。

瓦璞滿藏了發財神話？如李嘉誠所創造的王國？那是多少香港人的夢

想啊，然而首富只得一個。我十歲已在製衣廠做暑期工，衣車高分貝的響聲，還加上工友人人一部收音機，各播聲道。我坐在一角剪線頭，功夫輕省，然而噪音厲害，一向怕嘈，居然為了掙錢而接受了。後來正式工作，大嗓門的同事說改會考卷子最開心，一面改，錢就一面從天上掉下來，說得生動，博得笑聲四溢。我初出茅廬，改會考卷的收入比月薪還要多一點，即使期間超額負荷也在所不辭。天降銅鈿，雨灑銀元，天女散花，聽了妙喻，莞爾而笑，正好減壓。以香港的經濟發展而言，只要克勤克儉，積累了幾十年，應該可以脫貧，我及親友莫不如是。我的瓦撲滿裏頭沒有神話，只知營營役役，任滄桑隨歲月積聚。

有形的儲蓄維持了實質生活，即使尚未發財，其實已是可貴，該滿心感恩了。把瓦撲滿搖一搖，就搖晃起疊疊重重的影像，而響聲沙沙的夾雜着意志。當年還未懂得經營的，竟在不知不覺中儲下來了。愛，需要經營；學問，需要積累；智慧，需要追求；善緣，需要廣積……那些全都珍貴而富饒，跟財富一樣，可以終身伴隨而受益無窮。

瓦撲滿，外型土氣，素材質樸，實而不華，可是小而能納，守而能攻，充滿鼓勵與期盼，幾歲時姑婆已經為我籌謀了。

二〇二三年一月

癸卯年初五送窮日

點滴看交通

若要採風問俗，了解一個地方的底蘊，那麼觀其交通吧。城市的脈搏晝夜不息，鮮活而貼地，全面又深入反映各區實況。暢順則動若脫兔，輕車十里，一路花香；壅塞則令人肝火上升，七竅生煙，只恨胯下不是飛天的鬼馬神仙車。唉，塞車是試金石，足可考驗司機與乘客的修養。咸陽路遠，驛馬奔馳，置身其間的小市民，唯有靈活走位。

月前雙眼都要動小手術，手術後召的士回家，還未到正午哩，明知紅隧不會塞車，可是司機曾指點：「若說過紅隧，休指望有車應你！」

紅隧最早落成，當年由沈殿霞高踞香車率先穿過隧道。隧道縮短港島與九龍距離，多年來收費廉宜，騎士自然趨之若鶩，塞車自是難免。的士司機寸陰是惜，想多落幾支旗，當然不願走紅隧，於是明知道過東隧是繞大彎，也唯有電召時主動說：「從尖沙咀回港島東區，東隧。」毋須久候，的士已在樓下。紅隧回家路短，剛動完手術始終想盡早休息，於是一登車，就給司機選擇，過東隧當無問題，過紅隧則另付二十元小費，結果兩次司機都朝紅隧奔去。

翌晨九時一刻覆診，這時段三條隧道都有車滿之患，請的士毫無把握，唯有坐地鐵。護士千叮萬囑切莫去人多的地方，最怕撞傷眼球。縱有護罩與紗布保護着眼睛，又怎放心呢？電梯上前面乘客把背囊一甩，車廂裏人家手肘無心一碰……平日尋常不為意的小動作，都是四伏的危機。我小心翼翼踏進最後一卡，那兒人較少。步出路面又見追巴士的狂跑，我在哆嗦，只怕遭撞倒。病人苦處，其他人未走到這一步，未經歷這艱難，不會明白。

繁忙時段召車艱難，原來的士司機人手不足；從前他們收入不錯，奈何今非昔比，自然減低了入行意欲。司機付了車租、油錢後，且千萬別吃「牛肉乾」，如此七除八扣，剩下的只可糊口吧了。

近日三條隧道收費拉近，私家車實行「六三三」，的士畫一收二十五，政策能否解塞車之弊？尚待觀察。然而車馬競奔，紛紛忙忙，亂亂匝匝，那是任何大城市必然且宿命的光景。

二〇二三年八月

好風送香來

屋邨的花園平台幾乎天天路過，雖然花木扶疏，倒不曾覺察有甚麼。有回忽然一股香氣飄來，那種香，在風裏輕輕淡淡，清芬淡雅，不可方物，一時間竟似在閬苑裏遇見仙花。左右望望，眼前不見有花啊，何來花香？當時最接近我的植物是一棵小樹，樹無姿態，葉子濃密，種在石做花槽裏。我走到樹下，端詳再看，方發現綠葉叢中有細花，色澤屬白而偏黃。這種花那麼不起眼，卻有沁人之香，是甚麼花呢？泥土上插了標籤，一看，原來是桂花，括號內注明是木樨，英文學名是Osmanthus fragrans。啊，桂花香，我興奮起來了。是柳永「有三秋桂子，十里荷花」，琦君的「桂花雨」了。咦，奇怪了，秋光未至，桂子怎會飄香？於是回家查查桂花的資料，方知道那不是金桂，而是銀桂，即月月開的木樨。

我住在這兒數年，花在咫尺，且理論上可以月月開花，因何等到那刻始與桂花相逢呢？唔，完全是一陣風！

風不起，香不遠。桂花只得孤零零一株，又種在小小花槽，即使開花，朵數不多，香氣疏淡，不趨近就不察，不借風就傳之不遠。

風，不可求之，來則來，不來亦莫等，飄渺難測，充滿神秘。就在飄渺中，一陣惠風，送來別有繫人心處的桂花香，縷縷的，讓愛花人為之驚奇驚艷。

花樹如濃郁的雞蛋花，花田如普羅旺斯的薰衣草，固然香氣縈繞，但是，總要風來，讓香氣搭住和風，乘着順風車，製造一個與花香邂逅的機會。隨風而飄的香，多了一份清新、三分飄忽，人在香裏風中，如夢似醉。

風，作用無數，送香僅是其一。風之起，天文學家當然可以解釋得淋漓盡致，然而一般人心目中，風始終抽象。風，無影無形，不見有風，可是柳樹腰肢如舞，竹林梢葉沙沙有聲，梧桐枯葉墜地，風已起了。

只因風起，帶着提醒，出現了動靜，才懂得留心，方意識到省察。風起了，警醒些。風起了，嗯，是花香。

二〇二三年九月

好風送香來

騙子魔影破空來

WhatsApp 忽來，語氣粗魯，夾雜了廣東話，沒有稱謂，只質問似的索錢。短短二三十字而已，錯字卻奇怪得很，居然一筆錢的筆字變成筆路藍縷的篳，俗語云「老千計，狀元才」，這光棍使詐之前卻連字也看不仔細。分析內容，大致幾點：一是問我手頭上有沒有九千多元；二是要求盡快過數；三是解釋之所以缺錢，是戶口限額剛滿吧了，暗示並非財困；四是翌日早上十時過數還錢，意在呼應上句，表示僅僅用來周轉一天；五是尚未提供銀行戶口。

新聞常報道這些騙案，更何況手法陳舊，一般市民大概不會上當。遭黑客入侵的苦主是否得悉呢？當然不敢按入回覆，唯有一通電話聯絡，對方託我通知群組。我微微憂慮，又滿腹疑團，那組人數不少，電話號碼是否已落入黑客手上？萬一黑客都已掌握，會否進一步輻射式的使用詭計？

再往前想，AI無遠弗屆，連聲音也可模仿，到時稔熟的語氣在耳，怕只怕真假難分，一時耳朵軟，墮入騙局。至於截圖取得相片，要弄科技，扮演身份，在手機畫面冒出仿真度極高的親朋……唉！網絡虛擬世界裏，人類忽然變得那麼虛弱，那麼被動，那麼不知所措。

我們享受科技帶來的好處，也要承受種種風險。結廬在人境，且聞車馬喧，我等小市民，旁觀世態，靜掩柴扉之際，還得警醒、警醒、再警醒。

朋友卻說：「你怎麼不扮作中計？等騙子提供戶口，到時給他看看顏色！」

二〇二三年十月

聽，琴音是真是假

偶有琴音入戶，一首樂曲重複地彈，有時彈錯了，略停半秒，琴音復起，再彈，一小節往往反覆在練，練到順溜，才整支曲子彈。可是，琴音總是彈得不長，也不是天天響起，差三隔五，黑白鍵才碰觸一會。有一陣子練得較勤，也許鋼琴考試將臨，之後琴音又疏落了。

疏落的鋼琴聲，卻令我憶起自己第一個正式的補習學生。我中學獲政府五年補助，學費三十二元，家貧獲減半費，即十六元；考了會考讀中六則自費，要交一百二十，以我的家境而言，若不自謀就要輟學了。難關在前，良朋援手，高我一屆的同學給我介紹了補習。

這是我人生第一份工作，第一次掙錢，補習費可得一百五十。地點在彌敦道與界限街交界，離家不太遠，來回步行可省下車費。那房子偌大，原來是兩間屋打通了，一走進去只覺木香襲人，客廳壁板全鋪了木，這種裝修不惜工本，前所未見。學生的母親富態，皮膚像一團粉那麼白，衣着跟屋裏的一切都透着奢華。她簡述了要求，主力是替她女兒補習數學，便讓我在女兒的房間上課。

房間裏有一台 YAMAHA 鋼琴，琴身的木紋抛光面，光溜溜，明亮得差點可以照人。這琴固然是上等木材所做，直立式琴身外更加上線條優雅的兩隻琴腳，左右對稱地把名貴氣派逼出來。一幅手鈎的純白通花刺繡橫在琴頂，再從兩側垂下細緻的圖案，實用的學習便添了裝飾的意味。整座琴一塵不染，琴蓋接合的縫最容易藏塵，也拂拭得不見輕塵。那麼，擁有鋼琴的、彈奏鋼琴的，必然非常愛惜鋼琴了。

這女孩子十歲而已，品性純厚，萬料不到練琴之際，有時趁着獨處，悄悄把琴音錄卜，然後重複播放，門外的母親便以為她閉門苦練。她也明白萬一事洩，會挨一場打罵，之所以弄虛作假，無非是逃避毫無興趣的興趣科。小小年紀怎會想出此計？真教我為之一驚。不過，看她學習數學的態度還不至於無心向學，她也有隱衷難訴吧。

這座琴，從木質的選取到細節的功夫，全是工匠們精湛手藝之傾注。這座琴，價值不菲，是主人財富的象徵，更是這家庭對培育女兒的盼望。期望淑女琴技一日千里，將來奏出八級甚至演奏級的水平，豈料實情是明裏用功，暗裏叛逆，落差恰像最高音跌到最低音。

師生緣分不過匆匆一載，之後這學生還有漫長的學琴之路。琴座無人，琴聲傳送，客廳瀰漫了琴聲和木香，一派富裕家庭的優雅情調，真假融和，錄音機悠悠然把磁帶轉動。

窗外疏落的鋼琴聲，讓我沉思，領悟到其實每個人都有一支曲要彈的。命好的擁有一台精雕細琢的鋼琴，鋼琴先天的音色圓潤而流麗，加上琴框堅實，響板寬闊，鐵骨有力，腳踏板順暢，琴鍵感自然得心應手。勤練下，音域廣闊且音量宏亮的曲子便響起，奏起愉快的人生樂章。命不夠好的，可以借用學校的鋼琴，可以……於是調子略為憂鬱，要彈得琤琤琮琮就要付出幾倍努力。不過，有琴竟然不練，日久琴弦會鬆甩，包着打擊槌上的呢絨會剝落，一些鍵盤按下去走音甚至無聲。即使修理，又再無心學習以致荒廢，那麼，鋼琴儘管氣派煌煌，昂然挺立，始終一片啞然。

命運與成就，密不可分，糾纏難解，八十八個黑白鍵複雜地高亢又低沉。

二〇二三年十月

趁他還記得

那畫家曾經才華燦爛。

他工筆畫人像，形神畢肖，叫人嘆為觀止，我在名人府邸見他的大作高懸客廳正中，一進門就望見，成為焦點。這張畫瀰漫鄉愁，異鄉人房門半掩，電話拋在門外，電話線竟也拔了，表示拒絕社交，心情陷入孤絕。可是畫中另側的電視機畫面卻非常清晰，是著名粵劇最經典的一幕，人人會唱的主題曲恍惚從油畫的重彩濃抹裏響起。推想錄影帶在播放，歌聲纏綿，糅合國破家亡與生死相隨的一曲，香港人自小已慣聽，歌詞熟到隨時琅琅背誦，於是畫家選取了那一刻景象，代表了文化回憶，寄託了游子思鄉。那根連接電視機、錄影機的電線，可未有拔掉呀，這電線臍帶似的繫着客心。

我凝視油畫良久，想起與這畫家相遇的情景。在巴黎見過他兩面，都在其他畫家家裏，經介紹後彼此只點點頭，好像沒有交談。我也看過他的畫冊，厚厚的，印刷精美，印證了他畫人物有非凡的寫實功力。聽說他如今老了，記憶和認知能力大為衰退，朋友圈中莫不惋惜。

數月前他和法籍男友回港，可巧在杏花邨地鐵站相遇，原來召集人相約在此集合，然後一起去柴灣工廠大廈雕塑家工作室裏聚會。步往小巴站，一路攀談起來，知道他記性減弱，便主動告以在哪朋友的家宴跟他碰頭。縱使疫情使關山萬里更形阻隔，可是那些都是老朋友，他尚能憶及，但問起近況，他顯得為難了。「你們甚麼時候返巴黎？」「記不起，問我朋友吧，唉，我甚麼都記不起了！」但見他神情沮喪，一臉無奈，甚至有點生氣，生氣自己連尋常小事也無力記住。一個本是聰明伶俐又屢獲掌聲的人，感受到記憶力已然落在歲月無情的漏斗，一漏去就永遠不回，終有一天甚且會連自己是誰也忘掉，那種挫折感無助感帶來的痛苦是無以名狀的。

小巴直達雕塑家工作室樓下，那兒地方偌大，四壁羅列許多充滿氣魄的雕塑，儼然藝廊。工作室中央臨時放置一張長長餐桌，椅子縱橫，客人仍可從容四處走動，像吃自助餐般自在。我們偶爾圍坐，畫家跟我說怕自己負累了朋友，我連忙安慰：「你們是同林鳥，互相扶持，理所當然的，不必介懷。」這番勸慰似乎欠缺力量，他愁容未解。我曾讀過輔導課程，見他焦慮，想開解一下，此際未見功成，反而一籌莫展。

與他那男伴曾有一面之緣，今夜方把他仔細打量。但見他舉止文雅，溫厚藹然，不管誰在說話，不管說法文抑或聽不懂的廣東話，都凝神諦聽，眼神脈脈，流露無限柔暖。所謂尊重他人，往往見於細節，懂得誠摯地專注聆聽，便是涵養了。

畫家聊天之時，雙語並行，左右逢源，跟我說廣東話，跟伴侶說法文，說得流利，這似乎自然不過的。哪知電光火石，靈犀一點，給我察覺到這現象背後的內蘊，怎肯放過？馬上抓緊——待他說完法文，故意拍拍他手臂，十分俏皮道：「你說自己沒記性，要是真的沒記性，又怎能講法文？法文不是你的母語呀，為甚麼你還記得？廣東話才是母語哩，所以我覺得你的記性還不至於太差！」福至心靈下，居然說得有理有據，我平素口才一般，竟在剎那間變得舌燦蓮花。一聞分析，他醍醐灌頂一樣，那依然精緻的五官立刻表情活潑，喜形於色，幾乎手舞足蹈。又連忙即時傳譯，法語如珠，抑揚有致，男友聽見也笑呵呵了，於是笑語盈盈，溢滿心間。

人老了，總會出毛病，不是腦筋，就是四肢、五臟、六腑……不像陶淵明「樂乎天命復奚疑」，又能如何呢？畫家筆觸感性，自省力強，一旦面臨失去記憶和認知，其惶恐、焦慮，恐怕比常人更甚。他畫畫用色穠麗，料不到記性竟像年久失修的油畫表面，漸漸褪色了，褪得依稀，褪得模糊，褪得零落，褪得破碎，還會褪到甚麼地步呢？難道褪得無明？唉，誰敢預言哩。可預言者，是散發無限柔暖的脈脈眼神，會不離不棄把他終身守護。那麼，趁他還記得兩種語言，我這個不諳法文的，就快點用廣東話給他打打氣，讓他恢復一點自信。趁他還記得，就告訴他，他手繪的丹青，那異鄉人的寂寞疏離，那明朝公主駙馬悲壯殉國的一瞬，會跟《帝女花》的歌聲一樣，凝在許多人記憶的光環裏。

香港人口老化，失去記憶和認知者，會越來越多，怕只怕其中包括了你、我、他。事已至此，無可逆轉，星雲法師說得好：「存好心，做好事，說好話。」不如趁大家還記得，趁大腦裏頭的海馬體尚未萎縮，就說好話吧。好話不一定能夠永遠藏在記憶皮層深處，但當下聽了，起碼會快樂好一會兒呢。

二〇二四年三月

一兩陳皮一兩金

一位長輩事業有成，話題縱橫，談興方濃，說起陳皮來。這十年來，他都在廣東新會盛產上等陳皮的村落，買柑千斤。據經驗所得，千斤柑，最後只曬得陳皮約四十七斤。則陳皮之矜貴，可以計算了。柑肉都送給豬場作飼料，豬飽餐清甜多汁又維他命C豐富的柑肉，一定津津有味了。柑皮當然放曬場上給烈日曬個乾透，然後保存在乾燥的容器裏，每年再曬兩次，防止發霉。陳皮年復一年地曬，吸收了陽光的熱力，日子越長，氣味越香，功效越強。

聽着聽着，想起家裏也有陳皮，是親朋厚愛於我而相贈的，要好好珍惜。三月天太陽不夠猛烈，可是房子朝南，夏天陽光不會入戶，所以春日暖陽要及時把握了。坐言起行，我先把陳皮從櫃裏頂層取出，等待陽光，果然，太陽在十一時透進客廳，停留兩小時而已，於是一連數天都追逐陽光，像印象派畫家了。

把盒子打開，香氣逸出，精神一振。把陳皮翻翻，整理一下，放窗邊，安坐沙發，讓獨特而淡淡的幽芳輕輕飄起。

上天賜贈珍貴物種給新會，農民體會到陳皮的好處，勤勤懇懇，種柑，摘柑，掰開為三瓣，一皮三瓣，柑皮微微拱起，立體而有線條美。曬乾後的柑皮不復橘色，失去了鮮果嫩滑飽滿的形態，乾癟的果皮漸漸變為褐色，果皮失水而收縮、捲起，亦是姿態。四季嬗遞，歲月乾化，收藏之曝曬之，等待陳味。沒有上天來玉成，沒有人類的耐性與毅力，不會有陳皮。陳皮是天上人間的一場合作。

所謂一兩陳皮一兩金，箇中的價值是經濟的、醫療的、美食的，意義還有更多吧。我再望望陽光下的陳皮，陳皮無語，只用幽香來回應。

二〇二四年三月

霧裏人生

三月多霧，不由得回憶霧最濃時。

那是大學二年級，杜鵑花一叢叢散落在山坡，更有紫荊、宮粉羊蹄甲，嫣紅吐艷，把綠茵把校園把山城點綴。三月天特別大霧，甚至長日不散，許是天上煉丹的爐冒出縷縷輕煙，氤氤氳氳，竟至濃得化不開，一片「不見長安見雲霧」的光景。下午登山上課，霧猶鬱聚，人在山巔，環顧四周，近景朦朧，兩座地標一樣的水塔浮在雲霧間，在虛幻中隱隱約約。而自己哩，給霧簇擁，霧繚繞衣襟，霧躲藏袖裏，霧飄過髮梢，差可擬之為身臨仙境。一連幾天，都沉醉霧中風景，只願霧能長久。其實呀，這想法很小孩子，只顧霧裏看花，忘了霧裏行舟的風險。大霧籠罩江心，海上能見度低，燈塔守護員忙着拉響霧笛，巨艦小船戰戰兢兢，人家只盼霧散。

霧裏似幻又真，回想起來，當時景色，多少似實際人生。年輕就學時，未來充滿不確定，前景迷濛。濃霧起時白茫茫，那看不清的感覺更增加挑戰，更富於探險的聯想。所以大霧最能惹起無限憧憬，以為良辰等候，成功在望。孔子說：「五十而知天命。」其實不必執着於五十歲這數字，總之人到了相當年紀，命運的輪廓大致浮現——工作業績可盤點，財富積累能估計，配偶兒女皆注定，交友圈子頗清晰，旅遊版圖差不多……

霧起時，還能勾起詩意，讓詩意瀰漫心裏，讓詩意洗滌塵心吧，不然，生命就太枯燥了。

二〇二四年三月

4 客途中

京都舊夢鬢雲間

「花見・春祭」宣傳單張派到我家信箱，估計那攤子或會出現，便往商場的日式百貨公司去。年前巧遇攤子，眼前琳琅，古意瀰漫，很自然就聯想起小思老師的京都舊夢——花暖雲輕，靄靄停雲。小攤氛圍動人，乃眷眷然，左顧右盼，細心尋覓，定要買些甚麼才不虛相逢似的。

今早，小小攤子果然幽居一隅，掛滿日式花布做的布袋，桌子陳列不少手絹，盡是京都古意。我趨前，把頭微側，讓老闆和女售貨員看看頭上髮夾。崔護重來，長情若許，主客都滿是高興。髮夾以輕絹軟綢或優質塑膠做，精緻而獨特，日本味濃，很配合東方女性的氣質。舊客回頭，售貨員特別熱心，拿起藍色頭花推介，我直言中國人不喜歡頭上戴藍色白色。中日文化差異，從頭飾顏色已見一斑。

這攤子是特賣，只在甚麼日本祭才擺攤，驚鴻一瞥，一錯過就要等待，不知多久才有所謂「季節限定」之春夏秋冬祭。等待、盼望，加上不能作實的飄忽感，都增加了購買的意欲，於是抽屜裏收藏漸漸豐盈，或櫻花吐蕊，或蝴蝶徘徊，一拉開抽屜已然姹紫嫣紅賞心樂事了。

那年初到京都，下機之際，恰是夜已盡，天未曉，睏意猶濃，的士送我到民宿，還以為可以倒臥榻榻米。怎料掌櫃說房間還未收拾，唯有卸下行李，先吃早點，再外出蹓躂。已淡忘了蕩到哪個景點了，道旁院落的樹蔭攀過圍牆，綠意紛紛，動人遐思，宛若宋詞意趣。清早遊客稀少，春天晨光下的京都分外明媚。忽然，兩個身穿和服的藝妓款着碎步，從路的那端轉過來。粉臉塗抹得極之雪白，丫頭襪子踏木屐上，留下閣閣跫音。和服斑斕，步履嬝娜，鬢雲間斜插簪子，流蘇垂下來，風中搖搖曳曳。

我忽然覺得自己是一隻污糟貓。那麼匆忙，毛巾還鎖在行李箱，弄得臉也未洗，蓬頭垢面，就跑來清幽地。不意驀地碰見佳人，人家美服靚妝，髮鬢如雲，彼此又擦身而過，難免相形見絀，我唯有輕輕撥弄額前亂髮。

最近看過短片，京都罕見遊人，清水寺不聞足音。疫情肆虐全球，香港又何能幸免？顧客疏疏落落，攤子卻要付租。我拿起一根髮簪，輕輕地搖，流蘇晃動，晃起回憶——麗人和服，提布袋，持絹帕，風姿綽約。抽屜裏欠了哪個款式呢？思量了一會兒，「就買這三個吧」。售貨員連忙開單，請我去收銀機付款。我雖然不是大戶，可是此時此際生意冷清，小小幫襯，已是支持，帶來喜悅了。

回家要拍張照片，素箋雲寄，WhatsApp 給小思老師。京都舊夢，一花一蝶，又飛上鬢雲間。

二〇二二年三月

京都舊夢鬢雲間

出門情更怯

「暮春三月，草長鶯飛」，是江南景色，經歷嚴寒更盼望春來。疫情三年，全球已習慣了新模式，期間百般滋味，艱難終於挺過去了。如今海外不少朋友歸來，社會大致復常，何時起動向遠方的霧色尋去呢？穴居山洞，習慣了定在一點，便提不起勁去推行李，誰料得旅遊機會偏偏來了。巴黎好友的房客剛好搬走，那間房可放下飯桌、書桌，難得窗外一片樹影，綠意漫來，時有飛鳥往還。一屋三房，尚有兩個學生租住，一來自中國，一從法國別省至，我則趁空檔入住。雖然仍未起飛，然而大學時代恍似回來了，此行隱隱然上溯崇基宿舍歲月，重溫窮學生的逍遙，說不定還可以國際交流哩。

從前出門，駕輕就熟，此刻生疏，為怕遺漏，只得加倍留神，不免微微緊張。昔日專門代訂機票的旅行社結業了，我習慣打電話請職員訂票，對方總是敏捷準確就把事情辦妥，一派香港作風。即使是商業交易，即使素未謀面，然而電話筒傳來的聲音仍多少記得，業界凋零，唯有唏噓，多希望曾經幫我訂票的早已他枝另棲。今回直接致電航空公司，由於飛機班次減少，旅客卻漸漸雲來，故而票價大漲，條款也苛刻了。職員說機位緊張，宜當下決定，城下之盟，馬上作實。

接着要買禦寒衣物，為香港客而言，三月的巴黎餘寒猶厲，《紅樓夢》蘆雪亭賞雪的情景驀然浮上心間，得穿得厚厚實實了。此際並無聯句靈感，反而忙於張羅，從這個商場跑到另個商場，「東市買駿馬，西市買鞍韉」。幸而遇見相當專業的店員，孔子說：「三人行，必有我師焉。」並非謙詞，確乃實情。聽她講解羽絨衣摺疊後如何回復，羽絨衣上必須再加擋風大衣才達至強力保暖，機洗無妨但不能下柔順劑。可是，買了這，還有那。行李箱的輪子可有因為數年荒廢而甩落，迷你裝的護膚品或已過期，日常用品與手信怎樣塞入空間有限的箱子裏，甚麼事情要交帶……

雖云「千里之行，始於足下」，怎能回復當年之勇？出門之期在望，而情頗怯怯。

二〇二三年二月

巴黎三月寒

趁着疫情，戴高樂機場卸去老舊，換上時髦。看，LED燈一盞又一盞從天花垂下來，每支燈分明獨立，多盞聚合之後，就變成一朵吊鐘花，現代照明融在古典形態裏。燈，金光燦然地提醒旅客：法國就是法國。仰觀未已，行人輸送帶已在相迎，疲倦的身軀加上沉重的行李，都給滑動的齒輪推進，船浮河面，似靜實動。通道新建，儼然雪洞，冷艷素潔，壁上掛了一組羅丹雕塑的黑白相片，最後點出雕塑館所在。對藝術成就，法國人永遠自負，也難怪人家自負。

闊別五年，三月巴黎竟以零下一度之冷峻來接待，貴哥夫婦則用一車溫暖來迎迓，老式人情比車廂暖氣更驅寒。曙色初露，天空一大片淡藍，橘色卻在藍天之下加上一抹明艷，透露朝陽欲出之意。儘管冷，幸而不是陰陰地冷，而是晴朗的冷。不過，我來自香港的春和，一踏足路上就感受苦寒迫人，唯有疾步超市，匆匆購下食物跟日用品，然後直奔客舍。三分鐘路程，已足以領略〈風雪中的北平〉的困境。抵達樓下，一雙手幾乎結冰，還要脫下皮手套，掏出鑰匙，僵硬的指頭笨拙得很。電子感應器「嘟」了一聲，重門開啟，復自動關上，擋住戶外寒氣。百年房子，石頭為材，樑柱雕花，窗台鐵枝圍繞，鋼鐵鍛成圖案，為長街添了幾許韻味。房子雖老，設施一直追着時代，在舊基礎注入新元素，所以木樓梯旁邊後加了升降機，窄小得只容得下一人，卻破冰地克服了問題。

室內，輕巧的電暖爐暖度恰可，我憑窗遠望街景。往後陸續是良朋雅宴，觥籌交錯，言歡聚舊，用廣東話慰藉異鄉客心。魯迅說面色的冷比天氣的冷更可怕，如此說來，三月巴黎的冷是然又不然了，我這雪人終於解凍。

二〇二三年三月

聖堂踏浪塞納河

聖堂而宛在水中者，法國只得一座，戛戛乎立於碧波，長長一艘白色平底船，船頭寫「JE SERS」，即英文「I serve」之意，又髹上藍色十字架，浮在河畔。那兒恰是塞納河（la Seine）與慧思河（l'Oise）交匯之處，離塞納河入海僅三十公里。從船側仰望，見山上也有聖堂，巍峨聳峙，暖黃燈火遠遠透着，與依傍水湄窄窄扁扁的白船遙遙相對。法國在二世紀已奉天主教為國教，故有「教會之長女」之稱，大城小鎮，處處可見聖堂尖尖的塔頂。正值周末傍晚，山上巨石砌成的軒昂，河上纖維合成的輕盈，同時輕叩鐘聲，召喚信眾。那麼幸運，我這遠客無心插柳就在嚴寒下登船望彌撒。

下了舟楫，步入船艙，檀香輕輕飄來，彌撒已近尾聲。我們放輕腳步，悄悄推開木門，躡手躡腳坐於後排，無意專訪卻又誠意參與。彌撒完成後忽然唱起生日歌，原來是神父壽辰。

坐平底船漫遊塞納河是旅行團的指定動作，古雅建築倒影在瀲灩清波，贏得幾許青睞多少外匯。平底船是法國重要的交通工具，不止接載遊客，更發揮了內河航運的優勢，其運載量大，成本低，安全快捷。我曾見過運沙船悠悠然前進，倘由貨車來運沙肯定不那麼輕鬆。

如今，這艘建造於一九一九年的平底船，已於一九三五年改建為宗教空間。駕駛艙本位於船頭，不再揚帆了，便移到船中間，見證昔日運煤的辛勤歲月。圓形船窗對稱地開在近頂位置，高高的讓日月來相照。羅盤記錄當年航程，模型船陳列玻璃櫃內，還有望遠鏡、號角跟船錨，一一訴說往事。十字架、聖人畫像與木雕，象徵此船改裝後的使命。今昔對比，高懸並列，神遊其間，足可緬懷。小聖堂陳設毫不含糊，祭壇、繪畫聖像的彩色玻璃窗、壁畫、木雕等，氣象莊嚴。有別於其他聖堂，其成立就是要借船來服務船民，故此聖樂常奏，廚設船上，書報不缺，還有兩艘船停泊在側，讓無依者得到棲身。

塞納河清流不斷，風光無限，又因這聖堂踏浪其上，照顧水上人家，於是旖旎中更添美善。八十八年來，這艘船上聖堂，實而不華，在濤聲裏低吟仁愛，在浮動裏蕩漾中居然堅如磐石。水上聖母，宛在水中央，袍裾下擺揚起波浪紋，呼應了不絕的海風不驚的波瀾，一直庇蔭着奔波的蒼生。

二〇二三年三月

趁墟在巴黎

趁墟這活動，中國農村古已有之。每隔若干天就有墟期，聚在一處買賣，那地方便成墟，《儒林外史》中〈范進中舉〉就寫范進抱住一隻雞去墟裏賣。人類發展模式可謂大同小異，民間供求自然衍生為買賣，巴黎至今仍有墟期。不論市區郊區都預留一片空地為墟，蔬菜水果、豬牛羊雞、魚蝦生蠔帶子青口，果仁杏脯橄欖無花果，色色俱備。論新鮮往往勝超市一籌，論價廉卻未可一概而論。

且看，羊腿雞髀橫陳，肉腸血腸（法國人甚愛）吊起，大塊鮮肉給繩子捆得結實，聞到肉腥，也恍惚聞到肉香四溢，電動刀子不費勁就切得邊緣滑溜，而胃腸暖了，心也暖融融了。十多隻大肥雞在壁櫥型烤爐的橫杆上轉，熱力和肉香並至；芝士圓墩墩厚實實，品種與發酵不同，各自散發香氣，塗麵包佐餐酒都交融；還有花卉盆栽、地毯、古董，更有維修古董家具的攤子，嗯，沒有這些，也不似巴黎了。法國人、黑人、阿拉伯人，墟裏各賣各的。

我暗暗訝異，一個墟一個露天市集，居然弄得頗有樣兒。且聽當地朋友解說，小販需要付租給該區政府，租金因地而異。墟期前一天，有專做搭建和拆卸的公司派員來，先把所有鐵架搭起，再鋪好厚膠油布，既遮風又擋雨，故而墟期依舊，哪管風霜雨雪。待到市集結束，約下午三時即由同一公司來拆，接着清潔工人會來清理，運作方式行之已久，是以規模整飭。但見陳列櫃玻璃擦得亮亮的，肉類海鮮攤檔的底座都有冰櫃，熟食如西班牙海鮮炒飯也給爐火溫着，一切都給人整齊衛生的感覺。唯有整齊衛生，顧客才放心購買，亦是營商之道。為了即煮、保鮮、保暖，小販出動的種種裝置都非常重，也得借助於機械性的搬運工具了。儘管資本雄厚的超市林立，墟市舉行如故，證明流動的有牌小販有本事生存，且以一個紮馬的姿勢。

出於懷舊情意結吧，加上露天購物有一種自在的情趣，墟市頗受歡迎。客舍一箭之地有墟市，那片空地立着銅鑄小噴泉，周圍種樹，三月的樹椏點點新綠。藍天下，樹影間，墟市燈火通明，我拉着手推車，用異鄉人的眼光從容瀏覽，靜觀地道民生。物價因俄烏戰事而騰貴，升幅可驚。小販跟顧客交易，言語眼神動作都互動，充滿人氣。趁墟吧，飲食文化跟人情世態於舊墟隱隱浮動。

二〇二三年三月

《人間喜劇》掠眼前——訪巴爾札克故居

巴爾札克乃法國現實主義的小說家，半百年壽而小說近百，合為《人間喜劇》，傅雷翻譯了十多本，造就了中法一段文字因緣。他的故居在巴黎城西十六區，我們從塞納河邊出發，曲曲折折探尋文豪的足印。石子鋪得小路古意盎然，恍惚所踏的不止是古道更是沉澱了的歲月。路長巷窄，見牆上石碑寫此乃 Passy 與 D'Auteuil 分界，一墩未經雕琢態甚原始的石頭為證；界分楚漢，大概曾現紛爭。

步過故居後門，但見扇扇墨綠色木窗緊閉，連二百年前的靈感也關起來了。當年書房墨浪洶湧，作家以勤奮得近乎自虐的拼勁寫下了二千四百個人物。

日影已斜，俯瞰故居，但見房子小小，跟雨果大宅比真有雲泥之別。巴爾札克早期寫作營商俱敗，成名後一有錢就揮霍，負債累累，一個一個情婦都替他還債，錢債難填，只怕風流債更難償。不過，入場券倒是免費，靠紀念品店、茶座及政府資助生存吧。升降機載客往下直達庭院，紫花一叢叢使院子添了嬌媚。

銅像畫像裏的巴氏，看來不似溫文爾雅的書生，卻流露狂氣。他並未按父母心願從事法律，可是大學時代曾在訴訟行及公證行實習，無意間讓他在法律糾纏裏觀察到複雜的人性錯綜的關係，這些都化為日後豐富的題材。他的小小書桌背光，窗戶從後面把光迎入，他每天伏案竟達十多小時。手稿修改得很多，大刀闊斧，書本加厚，成本大增，有時甚至惹惱了出版商。陳列品中較為奢侈者是一根鑲了半寶石的手杖。玻璃櫃裏無數木刻把他筆下的眾生栩栩如生地浮現，一時間眼花繚亂；神遊其間，《高老頭》、《歐也妮・葛朗台》、《攪水女人》一一眼前掠過。

失意之時，他把書房裏的拿破崙塑像的劍鞘來刻字，刻上：「他用劍未完成的事業，我要用筆來完成。」豪氣雄邁，迫人而來，呀，斗室怎困得了飛揚的壯志？

二〇二三年三月

鄉愁，是一隻小小的粽子

巴黎十三區位於城南，唐人區自成一隅，負隅營生。酒樓小館縱橫交錯，招徠了四方賓客；巨型超市薈萃各省食材，吸引着華洋顧客。酒樓與超市相倚起來發揮了連鎖效應，加上附設停車場，於是車馬不絕，成為旺地。茂木的枝柯總有小鳥來棲息，大樹的樹根常有小動物來依傍，無牌小販尋人氣覓駐點便來擺賣了，久之亦成風景。

嫁作巴黎婦的渝芳對門前賣粽小販分外有情，一踏在路上就說起她，竟似說起故人。嗯，未見粽子，已覺香飄。「她從廣州來，離婚了，帶着三個兒子，就靠賣粽，已在十三區買了一層樓。」這背後又是一段《尋找他鄉的故事》了。從廣州而巴黎，機緣一線所牽吧，安家置業，定有一番掙扎。我好想凝神細看這女子。

這兒並無唐人街常見的門樓牌坊，然而招牌都用繁體字所寫，優雅得體地融入當地建築群。酒樓入口見小販四五，其一穿淺褐色及膝大衣，高挑苗條。「阿娟！」阿娟容貌姣好，廣東口音帶着鄉音，很會招呼客人，流露出做買賣的靈活身段。粽子放大鍋子裏，鹹肉粽四角玲瓏，豆沙粽如金字塔，白色棉繩繫着，透着細緻的手藝。華僑圈子小，且粽子不易得，一個吃過讚好，口碑便不脛而走。有些要多點綠豆，有些要加火腿，只要預訂，一一加料製作。「回家除了裹粽焓粽，還要管孩子哩，不然他們只玩手機。」提攜教育下一代的責任感，熊熊如焓粽的柴火，熬成香氣，是粽香，也似是臘梅香。

製作粽子，可真不容易，那回憶湧上心間。粽葉修長，不可折斷，要烚一番，好像要除澀味；裹粽用鹹水草，得剪段。餡料呀，羅列桌上，糯米、肥豬肉、花生、鹹蛋黃、綠豆……都是家鄉慣用的。裹完再烚，出動了乾淨的火水罐才放得下幾十隻粽，還要烚上一夜。廚房徹夜燈火通明，水氣氤氳，擔心火力把水抽乾，夜半得起來添點水。姑婆與母親忙作一團，後來姑婆去世，母親獨力支撐，終於有一年過勞入院，從此不再縷縷粽香了。

異鄉謀生，餐風宿露，裹粽烚粽賣粽。而粽子，餡料好，手藝好，真能觸動鄉愁，溫暖愁腸，安慰客心。鄉愁，是一隻小小的粽子。

二〇二三年四月

白露筍與 Crêpe 的滋味

白露筍，那麼名貴的食材，在香港難得一嘗。有回長輩賜宴半島酒店，恰在春天，我點了白露筍配魚，忘了是石斑還是鱸魚了，總之碟子上的真正主角是白露筍。

巴黎墟市，白露筍立在晨光裏，給木箱子盛着，鮮嫩欲滴，似是從田裏收割下來不久。白露筍產於春季，點題般點出春意初臨，寒冬漸去。售價大約每支一歐元，買一個橙也是這價錢，以巴黎消費之高便不算貴了。欣然買了一紮，烹飪高手馬莎授以法式煮法及吃法，原來隔水清蒸，見肉質呈半透明即表示已熟，再蘸以沙律醬。清而爽，甜而脆，果然是蔬菜中之極品，加上其色如玉，素白通透，自有繫人心處。

齒頰留香，固然美事，若有良朋為伴環境為襯就更愜意了。那天遊罷楓丹白露宮（法文原義是美麗的泉水，中譯乃出自徐志摩手筆。拿破崙在此擺下寶座，日暮途窮終於在小會議廳簽了退位書，最後在門前馬鞍形樓梯揮淚別同袍），天色向晚，汽車越過森林，但見樹木井然，呀，跟我心目中的森林完全不同。歷史風雲猶縈繞宮內，一時間未及消化；豐功偉績只留下嘆息，倉促間難以細味。轉瞬間楓丹白露宮已落在車塵之後，四輪載我們直奔十四區，上燈了，更為食肆添了燈影迷離的情調。

長街數十家都以 Crêpe 為主打，可見這種食物深受歡迎。我們五人倚窗而坐，玻璃映照，光影徘徊。法國餐館，不論大小，幾乎無不雅緻，樑柱、壁燈、掛畫、椅桌、檯布……組合而成氛圍，食物籠罩其中，另有滋味。Crêpe 是薄餅，源自法國西北布列塔尼區（Bretagne），那兒土地瘦瘠，麥子歉收，農民唯有種植黑麥。黑麥即裸麥，適合在寒冷氣候乾旱土壤裏生長，製作時必須經過清洗、磨碎、篩選等繁複工序。黑麥顆粒小、口感硬，是窮人食物，農民將之磨粉做餅，怎知這種薄餅日後居然成為遐邇知名的美食。Crêpe 分鹹甜兩類，甜的黃，餅皮麥子做；鹹的黑，餅皮黑麥做。餅是圓的，這食店把鹹餅四邊撐起，再合攏，如花瓣圍抱花蕊，餅底便由圓變方，簡直像一尊黑色立體雕塑，非常現代感地奉客，我看得傻了眼。搓粉成皮的功力真不賴，怎能拿捏得讓餅皮挺立呢？傳統上吃 Crêpe 會佐以蘋果酒，於是美酒一樽，有了酒興，就更快活了。小店實惠，五個鹹餅兩個甜餅，酒一樽，咖啡兩杯，結賬不過八十餘歐元。

「人生得意須盡歡，莫使金樽空對月。」我醺醺然了。

二〇二三年四月

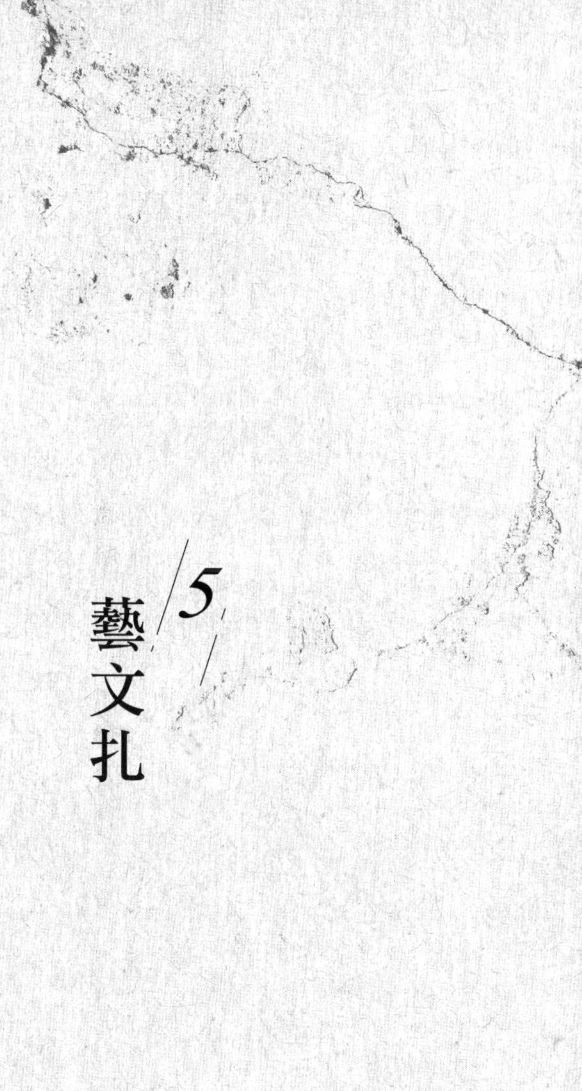

5 藝文扎

從《販馬記》分析白雪仙之藝術形象

唐滌生（一九一七—一九五九）於一九五六年二月完成《販馬記》，論曲詞典雅，顯然未及後來的「仙鳳鳴」四寶，然而從口白之鮮活、細節之巧妙，亦足以讓觀眾一睹奮翮雲端前怎樣繞樹翥翔。《販馬記》是著名京劇，流行廣東民間的木魚書也記載了《桂枝告狀》，劇本為「利榮華」劇團而寫，主角是任劍輝和白雪仙。作者有所依據，再度身訂造，舊瓶新酒，新酒香遠益醇，氍毹之上主角光彩煥發。

《販馬記》的李桂枝依稀有緹縈救父的影子，在唐氏妙筆下，孝女之外添了賢姐嬌妻慈嫂的面貌，形象相當飽滿。桂枝之父李奇販馬為業，貲財不缺，不過所謂士農工商，商人在古代社會地位不高，所以桂枝不會有官宦小姐的氣派。後來丈夫趙寵高中，也不過七品小官而已，故此桂枝沒有高不可攀的威儀。行商之女，讀書有限，桂枝沒有才女的文墨。唐氏便為桂枝注入不亢不卑的尊嚴，務實處事的作風，讓她以柔軟身段來堅持，以靈巧姿態來爭取。

中國傳統的小說戲曲中，女性的形象往往比男性突出，《販馬記》亦然，比起丈夫因醉心功名而畏縮拘謹，就更突出桂枝貫徹始終地堅定勇敢。所謂「千斤口白四兩唱」，唐氏抓緊白雪仙口齒伶俐擅於唸白的本事，一出場就攔阻後母與奸夫夏楚弟郎，白：「娘你飽食豐衣，自當憐孤恤老，勿作紅杏出牆。」提醒、告誡，鏗鏘有力，但礙於形勢未敢翻臉。後來桂枝出走，跌倒在一戶老夫妻門前，便牽衣泣訴：「好比哀鴻離家往……願為奴，求倚仗；願為婢，暫把身藏，窮途再把悲聲放。」兩老聽她談吐文雅便收為誼女。逆境求援，曲盡苦況，賺得同情。箇中有運氣，亦流露出扭轉命運的潛質。

後來嫁予誼父母表親趙寵，琴瑟和諧，可是丈夫寄身宦海，浮露驕氣。桂枝沒有傳統婦女自我形象過低的通病，直言：「卻把冰腸冷面向愁顏，及第升官你就脾氣猛。」好壓壓丈夫的氣焰。接着乘勢求丈夫代寫狀紙，卻立即宛轉哀啼：「願願願向郎前跪，半羞復半慚，且看辛酸泣訴間，淚血斕。」一瞬間變換姿態，把妻子的尊嚴與柔弱糅合，剛柔並濟，化學作用產生強大威力，趙寵終於拈筆寫狀，使營救父親的計畫落實了第一步。這場戲最點睛在最後一筆，趙寵寫罷，桂枝手執狀紙竟幽默兩句再回眸一笑跑開。唐氏在泥印本以括號寫：「此處入場為全場最重要最美妙之身段。《販馬記》寫狀一場所以能夠成為名劇，便是夫婦在悲慘氣氛中，尚能處處刻畫閨房之樂，望能體會此意。」

原來父親遭繼室及奸夫誣害，貪官判以秋後處決。趙寵唯有着妻子趁按院大人到訪，改扮男裝，呼冤告狀。但見桂枝倉皇舉步，掩袖留停，唐氏如此描摹，在強調官威難犯，小婦人膽顫心驚，並非一味勇闖，可是「一念到蒼蒼白髮，重點敢畏懼官府面目猙獰」，心情起伏，益增寫實。再者，唐氏認為花旦最重要在於一個「憐」字，央求收留、懇求寫狀、公堂告狀，三場戲桂枝都楚楚可憐，製造悲情，自能激發同情。

可幸按院不止英明，還居然是失蹤了的弟郎，沉冤得雪。桂枝想把弟郎與小姑撮合，趙寵自慚官職低微，力勸不可提親。弟郎果然推搪：「身披玉帶紫羅袍，難與素衣諧淑眷。」趙寵怨道：「縣堂縱有親生妹，難婚政海一紅員。」兩番話真把官場勢利刻畫得淋漓盡致。弟郎高傲，丈夫怯懦，桂枝進退有度，既不強聒，也不言棄，只父親跟前下跪，看官還以為她求父親以「父母之命」來逼婚，那也太低估了她的智慧了。她說出全憑小姑善心才發現父親身繫囹圄，不然父親必定冤死，莫談骨肉重逢了。娶妻娶德的理想給桂枝輕輕標舉，門當戶對的觀念甚至政治婚姻之交易顯得鄙俗，兩個為官作宦的給比下去了。見機行事，轉移目標，帶出論點，委婉發力，終於成事。

《販馬記》寫狀之精警，為日後《帝女花》寫表之悲壯鋪上根基；前者弱女申訴父親冤情，後者是明朝公主向清帝要求葬崇禎釋太子。經歷《販馬記》之磨練，《帝女花》才能筆動山河。

唐氏寫劇本前，習慣先把女主角留在丹青上，從虛而實，從髮飾到神態，這過程沉澱了女主角的特質。白雪仙外表「嫻靜似嬌花照水，行動如弱柳扶風」，眉眼之間卻透着傲氣。唐氏便在李桂枝、杜麗娘、謝素秋、霍小玉、長平公主等角色，賦予冰雪聰明、外柔內剛、迎難而上之藝術形象。白雪仙不負所託，一生好學不倦，粵劇藝術殿堂裏早已留下她神采奪人的倩影。僅以蕪文敬祝白雪仙女史九十五歲芳辰。

二〇二三年五月

恍惚是仙蹤——白雪仙的藝術生涯

白雪仙女史生於一九二八年，屬龍，九十六歲依然意態雍容，舉止嫻雅，煥發風華。正值龍年，芳辰快到，祝願仙姐「芳齡永繼，仙壽恆昌」。

有回白先勇在中大主講崑劇講座，說：「你們香港有位演員，是藝術家。」頓了一頓，我在座中莞爾，猜出他口中的藝術家是誰了。他接着道：「白雪仙女士曾告訴我，她也受了崑劇很多影響。」白先勇近年重振崑劇不遺餘力，白雪仙則以粵劇為一生志業，二白相逢，自然識英雄重英雄。小說家觀察力精到，分析力透闢，故而簡括地以藝術家來形容。

藝術家成長之路是漫漫的，往往印記了個人的奮鬥、因緣的際會、行業的盛衰、時代的風雲、歷史的起伏。

白雪仙是小生王白駒榮的九女兒，遺傳基因賦予清秀外型與學戲潛質，戲曲世家的背景有助拜師、入行，可是舞台表演始終講究真功夫，觀眾付錢看的是唱做唸打等實力。在起跑線上她只是啞口梅香，循序遞升，曾經升為正印，自覺不足，寧願退居二幫，小小而青澀的年紀在進退之間已有分寸，不敢踏上未能勝任的崗位，謹守「君子求諸己」的原則，已具備藝術家的雛型了。

藝術家好學不倦，師傅薛覺先「把手教的是《六國大封相》的宮燈，和《胡不歸》的春桃」。為求轉益多師，尋尋覓覓，終於認識到胡蝶（孫養農夫人）。她之所以學得京崑程式與領會到崑劇美感，主要是得胡蝶悉心相授。胡蝶是梅蘭芳入室弟子，也是美學家，有本事把整個舞台設計得如詩如畫。「孫太教了我很多關於表演程式的道理，也教了我京戲的身段做手。她甚麼都很幫忙，服裝、道具、佈景各方面，都提出寶貴意見。」身段做手尚可偷師，表演程式背後的道理需要解釋才能徹悟，然後舉一反三，加上力學不倦，幾年間造詣突飛猛進。

藝術家拼勁狂熱，為了演出《牡丹亭驚夢》，枕邊放了湯顯祖原著，廢寢忘餐，以揣摩杜麗娘的心情，以後其他劇本莫不如此。她一直演文場戲，但《白蛇新傳》中盜仙草與水漫金山偏有大量武打場面，已經三十三歲了，還拜張淑嫻為師，學武功，練腰腿，照片見她凌空躍起。藝術家尚有許多特質，如執拗到底、不容自己台上出錯、團隊紀律嚴格、絲毫細節都要無懈可擊……

藝術家不喜歡掣肘，那麼由自己做老闆就最能實踐理想了。她二十八歲成立「仙鳳鳴」劇團，劇作家唐滌生與胡諜同是推手，主理一切，三位核心人物以提高粵劇水平為己任。劇團老倌有任劍輝、梁醒波、靚次伯、任冰兒、林家聲、蘇少棠、朱少坡……樂師有朱毅剛、朱慶祥、呂培原……編舞有吳世勳，一時翹楚又適逢其會，同心同德，成就了白雪仙這完美主義者的夢想。「仙鳳鳴」以製作精美打響招牌，五六至五九年間鑼鼓響徹梨園，傳世之作陸續登台，依次是《販馬記》、《紅樓夢》、《穿金寶扇》、《花田八喜》、《跨鳳成龍》、《蝶影紅梨記》、《帝女花》、《紫釵記》、《九天玄女》、《西樓錯夢》、《再世紅梅記》等，這四年星月交輝，長空璀璨。

她演的一些角色叫人難忘。長平公主高華而冷傲，她氣質最接近；許多伶人都演出〈香夭〉一幕折子戲，然而公主駙馬亡國之痛鮮能表達。《蝶影紅梨記》與《紫釵記》的女主角都是青樓女子，謝素秋與霍小玉都有濃厚自卑感，遭擯逐、被拋棄的酸楚，給演得層次分明絲絲入扣。《穿金寶扇》唱〈蘇三起解〉一段快板，悲憤而淒厲。《花田八喜》搓線、穿針、繡鞋幾個京劇做手又可愛之極。一系列作品奠定了白雪仙在粵劇史的地位。

舞榭歌台，清音繞樑，人間悲歡，如夢如幻。就在繁華勝極的一剎那，唐滌生在《再世紅梅記》首演之夜猝然而去，「曲隨廣陵散」，劇團猶如樑傾柱摧，白雪仙萌生伯牙碎琴之意，在母親勸解下，才領着劇團繼續舉步前行。

藝術家重視薪傳，因《白蛇新傳》舞蹈場面而訓練了一批如花少艾，無心插柳柳成蔭，「雛鳳鳴」因而成立。任白富於理想，立己立人，愛護徒弟的程度簡直是水銀瀉地，足以留芳粵劇教育史。

藝術家追求完美，認為經濟成本與時間成本並非首要，拍《李後主》不設財政預算，結果虧蝕嚴重，也不後悔。

藝術家手不釋卷，積學儲寶，眼界、視野、底氣來自多方面學習。經年浸淫文學，提筆為《姹紫嫣紅開遍》這本紀念集作序，序文〈思入水雲寒〉是一篇情深委婉而行文綿密的好文章。唐滌生鼓勵她寫書法，培養昔日閨閣的氣質和內涵，日後她親自揮毫為「任白樓」題字，一手好字高懸牆上。文化底蘊使她游刃有餘地擔任藝術總監，不泥古，不拒今，現代手法和西洋音樂，按情況大膽吸納，謹慎融合，兼容眾長，視聽更為豐美。

藝術家情深，她十五歲時在澳門與任劍輝相逢，生旦合作無間，相依相守。任姐生時給照顧得無微不至，任姐死後為紀念冥壽而上演《重按霓裳歌遍徹》（折子戲）及四套名劇。更成立任白慈善基金，捐資香港大學，大學將工程系大樓重新命名為「任白樓」。又在將軍澳景林村成立「任白慈善基金景林安老院」，由基督教家庭服務中心管理，陳寶珠和梅雪詩陪她探訪安老院，院舍老人驚喜不已，那光景依稀是當年義演、探望病童的延續。

白雪仙說：「有人認為我搞『仙鳳鳴』很辛苦，做事過於認真，大可不必。但我愛，就不見其苦，我愛粵劇，希望能做到最好，便一生無憾。」這番自白，用來描寫她的藝術生涯最貼切不過了。

二〇二四年四月

人去矣，歌不降——憶六一八水災任白義唱〈去國歸降〉

一九七二年六月十八日，這一天於香港實在是太哀沉了。豪雨成災，午間觀塘翠屏道基堤崩塌，山泥掩埋了大部分安置區木屋。同夜港島西半山山崩，旭龢大廈坍塌……「無綫電視」發起賑災義演節目，演藝界十二小時同心接力，共籌得九百萬。其中極為珍貴的一段演出，是退隱多時的任白演唱了《帝女花》之〈香夭〉及《李後主》之〈去國歸降〉，兩首歌詞都很沉痛，可謂「正合眼前光景」。

李煜的兩種身份——末代帝王、千古詞聖，既為史家詬病卻偏受讀者愛戴，毀與譽，褒與貶，盤纏交錯。由於後主之性格及處境均異常複雜，演員要重塑角色殊不容易。歐陽修在《新五代史》中描述李煜：「煜為人仁孝，善屬文，工書畫，而豐額駢齒，一目重瞳子。」豐額是天庭寬廣，駢齒是比較整齊的齙牙，重瞳是眼睛有兩個瞳孔，牙齒眼睛都是帝王聖人的異相。那麼說，李煜天生一副叫人難忘的異相，本性淳厚，且滿身藝術氣質。李煜在外型上氣質上都罕有，要覓得兼具尊貴氣跟文人氣的人選，其實艱難，可幸剛剛遇上了任姐。任姐有幸能演李煜，其藝術生命因而更為豐富；李煜有幸能給任姐來演，其形象其才華因之再世重現。李煜這角色若給不勝任的來演就白白糟蹋了，至於演李煜的機會亦不常有，可能錯過就永遠失去。機緣微妙，造就了李煜、任姐一段隔世而難逢的緣分。

那夜，任白穿了雅淡旗袍，痛心災情之慘，面帶憂容。仙姐發了高燒，抱病上陣；任姐畢竟年紀不輕，得架上眼鏡才能看清手中那卷歌譜。

立於她們後邊扮演臣子、歌姬的，是青芽初露的雛鳳。〈去國歸降〉一段，李煜仍身在南唐宮殿，猶是「鳳閣龍樓連霄漢，玉樹瓊枝作煙蘿」。現場只搭了數根宮殿式巨柱，無法仿造華麗卻蒼涼的背景，再者她們也不穿戲服，唯有靠表情及歌聲來引領觀眾。觀眾也要運用想像，隨着歌聲走進崩塌了的南唐去。這真是考驗，既測試歌者的吸引力，也反詰觀眾的投入感。

周濟在《介存齋論詞雜著》道：「……粗服亂頭不掩國色。……後主，則粗服亂頭矣。」意思是後主詞不事修飾而境界天成。任姐演戲，妙處在自然，演甚麼人物就是甚麼人物，玲瓏畢肖，毫不費力，略無雕琢痕跡。這優點與後主填詞風格不謀而合，所以當夜愁眉緊蹙雙目含悲，已把依依故國之情道盡。「四十年來家國，三千里地山河。」南唐三世基業敗於他手上，怎能不愧？「亡國恨，恨似山峰插入天」，「一旦歸為臣虜，沈腰潘鬢消磨」，任姐唱來聲已哽咽，「以血書成」的句子便飄入香港以至海外的千門萬戶，永刻邈邈雲漢。

小周后已從「手提金縷鞋……教君恣意憐」的嬌娜成長起來，勇敢得誓與末路帝王共赴屈辱，於是以韻味以感情取勝的仙腔便出來了。小周后似是柔弱其實堅毅的身影，已刻鐫在觀眾心間刻鐫在粵劇史裏。

葉紹德於一九六四年編撰〈去國歸降〉，曲文典雅工穩，相當貼近國破家亡的心境，已是難得之作。葉紹德巧用心思，自度歌詞，亦能把後主詞水乳交融化入歌聲。「遺民淚，淚如江水流成海」揭開「倉皇辭廟」的序幕。「何曾馬上嫻弓箭，獨擅填詞試管弦」，直接點出後主命運顛倒，才子錯生在帝王家。同時回應了宋太祖征服南唐後的感嘆：「李煜若以作詩詞工夫治國家，豈為吾所俘也！」（《漁隱叢話前集．西清詩話》）

任白退隱了，本來不會亮相熒光幕，偏偏一場劫難，又把她倆召喚到台前，悲情裏唱出悲愴。現場即唱，行腔運氣、吐字咬音的功力，一覽無遺，的確是一場千載難逢的示範。南唐降宋，明亡於清，「亡國之音哀以思」，兩段亡國恨給唱得蕩氣迴腸，竟然比灌錄唱片時更悲壯纏綿，此後已成絕響。風雨同舟，民胞物與，任白完美演繹，終於留下了最後演唱的永恆記憶。

〈去國歸降〉，後主輸了「別時容易見時難，無限江山」，但是贏得「詞中之聖」的文名。任姐大去，可是歌聲在歷史浪潮中從不降服，聽聽「山河變色，感慨萬千，君民對泣哭江邊」，那歌聲早已從香港出發，一直傳到地球的遠方去了。

二〇二二年四月

未了因緣莫問天——讀梁國驊之《尋找摩登伽》

緣起

《尋找摩登伽》這本書在二〇一八年出版，厚達五百頁，全書共十八萬字，這是梁國驊第一本小說，成書之時剛巧踏入鳩杖之年。他在英華書院畢業即入讀港大社會學系，然後從商，似乎未有在文壇留下足印。奇怪在生命豐收之際，不去優哉悠哉「嘆世界」，反而跳往文林墨池，興會淋漓，鋪設另一條跑道，這份雅興這股毅力也真難得。再者，小說背景設在釋迦牟尼晚年，主角乃釋迦之弟阿難，人、事、地都遙遠陌生，怎去呈現？佛經故事千頭萬緒，如何理出脈絡，採擷花葉？佛理抽象，如何化玄機為清通可解之句？不克服諸般困難，難以吸引讀者。為新手而言，是向難度越級挑戰了。我頗為納罕，這小說究竟在甚麼因緣下醞釀呢？

二〇二二年初，國驊以一手瀟灑毛筆字在扉頁題字，厚贈於我。恭敬接過，心裏卻在糾結，能讀畢全書嗎？我中小學以至大學崇基書院皆是基督教，聖經新舊約的故事一直是求學路上的底色，金句背誦尤其深入腦海。佛經故事，自愧未曾涉獵，恐怕丈八金剛。《尋找摩登伽》在書櫥玻璃門裏頭打坐冥想，大半年後，終於把書本移到案頭，結果一氣呵成追讀下去。序、編者四問、後記更反覆看了兩三遍，看罷，掩卷低迴。

後記如此道：「算是把古典佛經看了一遍，把各章回按釋迦的遊歷時序排次，猜想一下角色們為甚麼做這種事，說這樣的話，然後串連起一個無起點也無休止的愛情故事。」則創作本意在刻畫愛情，故此借用了阿難與摩登伽這對金童玉女。為甚麼偏偏選中他倆呢？只因釋迦說弟弟與這女孩有五百世姻緣。既然飽含了宿世前因，那麼，在浮生萬千、茫茫人海裏，「尋找摩登伽」不正是生命裏最重要的功課嗎？小說描述阿難多方打聽摩登伽的下落，依舊雲深不知處，結果終其一生，至死不休地等待、尋找。其中若干情節根據佛經《摩登伽經》、《楞嚴經》來寫，當然也加入小說家的種種臆度和渲染。小說記述了釋迦教誨弟子的道理，分析了釋迦領導的團體於當世的境況，刻鑄了阿難與摩登伽五百世姻緣的一瞬，虛虛實實，糅合得動人心魄。

阿難與釋迦是同父異母手足，小二十歲。釋迦名聞遐邇後回鄉省親，阿難便追隨兄長出家，成為十大弟子之一，實際工作是釋迦的秘書。阿難眉目俊秀，風度不凡，性情平和純厚，從不與人結怨。他記性尤佳，能把釋迦道理牢記在心，在說法大會上琅琅背誦，故有「多聞第一」之稱。釋迦講道，他記錄於貝葉，最後花上六十多載光陰把貝葉整理為《阿含經》。佛門十大弟子畫像石像中，捧着水盂的那位正是他。至於摩登伽，在「種姓分明」、「四民不平等」的階級觀念下，是個種姓低、膚色黑、相貌美的農村小女孩。

一部小說，能夠吸引讀者閱讀下去，總有理由的，我試從文學角度談談這本書。

一、敘事觀點（point of view）

敘事觀點，決定了小說與讀者的距離。

中國古典小說都用全知觀點（omniscient viewpoint），《水滸》、《紅樓》，作者無所不知，劇本發展都在掌心裏。不過，其間亦適時借劇中人的眼睛去看種種，即是穿插運用旁知觀點（side view）了。例如寶黛初會，鏡頭轉換，不再居高臨下，而是借用寶玉的眼，近距離地端詳黛玉。那段描寫是寶玉對黛玉的印象，一下子客觀變為主觀，感覺親近而多情了。〈林教頭風雪山神廟〉借店小二的眼去看，看出酒客神色鬼祟；又借店小二的耳去聽，聽出其中二人操東京（汴京）口音。現場感迫人而來，霎時間危機四伏，山雨欲來風滿樓。

這本書以全知觀點敘事，其中不乏直接陳述，如形容摩登伽之母周那為「蜘蛛精」，搶親是「請君入甕」，阿難是「上了架的鴨子」，相當顯山露水。在情節龐雜、人物眾多的長篇裏，這樣點明不失為幫助理解的辦法。至於旁知觀點也偶爾運用，且多是第三身，如借舍利弗（釋迦得力弟子，號稱「智慧第一」，主修冥想、理論。釋迦說法，由他提問）的眼，去盯了一下剛成親的阿難——「已經三十出頭卻似剛吃了糖的大孩子」，周那卻是「流露着食人猛獸的氣息」。波斯匿王打量摩登伽，原來是「相當美麗，而且發育良好的女孩」。值得留意是小說開端的敘述是「我」，由阿難親口吶喊，「我把自己化成飛灰散落在河岸的土地上，把血和淚漂流在河的水……這樣無論她在哪裏，我都可以找到她」，感情激越澎湃，主觀而強烈，完全達到了第一身旁知觀點的效果。這小說把敘事觀點按情節交替並用，靈活自如。

二、主題探討

主題，是任何作品的靈魂。

這本書可列入西方的「成長小說」（bildungsroman），故此不乏情竇初開而沉醉綺夢的描寫，摩登伽幻想「是阿難的話，他會走過來，一手接過她手上的陶罐，另一隻手會像夢中一樣，和她五指緊扣地向前走」。阿難邂逅摩登伽，不敢直視，只低頭看她沒有穿鞋的十顆腳趾。他倆的愛情清純如陶罐裏沉澱過的水。後來拜堂成親，沒有洞房就永訣。阿難充滿浪漫，心底裏的她，永遠白璧無瑕。對童貞（virginity）的珍視和尊敬，古今中外的文學藝術反映了無數。終於，五百世姻緣，擦身而過，遺憾難填，難怪封面《尋找摩登伽》五個字，全都缺了筆劃。

阿難仰慕兄長風采，在釋迦講學的大本營祇園裏頭，一直保持小弟弟的形態。他記性遠遠高於悟性，得道多少連自己也摸不着頭腦。然而，愛情失落，地位不保，嘗遍了枯寂，依然無法改變天真善良的本質。楞小子，最得作者與讀者歡心。希治閣《迷魂記》之神探、唐滌生《蝶影紅梨記》之狀元、多聞第一的阿難，如出一轍，陷於迷霧，眾人都明白了，可憐多情種子蒙在鼓裏。最後圖窮匕見，故事到了高潮，然後落幕，「一道紫藍色的飛虹劃破無月的長空」。

此外，小說費了不少筆墨分析各種角力，國王對擁有信眾享有名望的釋迦，既佩服也提防；不同種姓和團體，為爭學生爭地盤爭資源，隨時借意生事；同一團體內各有來歷，未必真心歸附，表面各自修行，內裏伺機奪權……

書中屢次出現了難以解釋的感應，富於神秘色彩。至於弟子與四方賓客提問，釋迦說法，記載甚多，皆析理分明，層層深入，「本性並沒有衰老變遷，也就不會陷於因生而滅」，「完成個人質素的修行這點上，自己並不是個過客，而是逆旅之主人」。可見作者對佛經研究下了苦功。其中王上問及四個種姓的今生，釋迦說所有人都認為今生有高低之別；至於來世，答案精警極了——「視乎他們今生的行為舉止」。道理就似四個種姓的孩子各用本土柴枝來生火，看的是四個火堆的火焰，不是其他。這看法與「姓社姓資」、「黑貓白貓」論，可謂異曲同工。釋迦智慧，令人景仰；釋迦對「眾生平等」的堅持，教人折服。禪機高深，等待與佛有緣的去勘破。

三、性格刻畫

性格刻畫，是小說支柱之一。

摩登伽在祇園遠望低頭速記的阿難，觸電一樣感應到五百世姻緣。她質樸得對物質從來無所求；細心得隔夜汲水以求水質明淨；癡情得守在祇園弟子化緣途經的地方，等待阿難出現，好把清水與愛情都傾注入他手裏的水盂；慧黠得問母親〈愛神咒〉為何不由她自己來唸。這女孩真令天下男子傾心，果然，波斯匿王看中她，就在釋迦說法的地方，飆風迅雷般把她挾走。阿難當時並不在場，誰也不敢向他吐露真相，從此，在阿難的視線裏，摩登伽永遠消失了。

小說真正女主角其實是摩登伽之母周那，這位村中巫醫，獨身但帶着女兒。她三十歲，美貌與手段兼備，金錢與權力並重，比王熙鳳更王熙鳳。她最懂得攫取機會，耍出謀略，借着女兒出嫁而潛入祇園，馬上大權在握，終於實現野心。

全書着墨最多當然是阿難：「即使是決定離家追隨釋迦，阿難只是跟着直覺去做，並沒有甚麼計算利害得失，就如抓住流星的尾巴，以為星星會帶着他在天際翱翔。」一直接描寫阿難之單純。舍利弗入村找他，他最憂慮不是婚事能否獲批，而是擔心年高的舍利弗於烈陽下中暑，處處流露關心。迦葉之前冷酷無情，他沒放心上。阿難由始至終都是個純良的大孩子，心願是與摩登伽厮守，做一個簡單的「住家男人」（family man）。不過，上天不從人願，卻另有安排。阿難迭遭失意，甚至陷於孤絕了，處於逆境反而沁透出韌力，發揮了長於記錄精於書寫的本事。他埋首於貝葉超過一甲子，修撰了《阿含經》。釋迦涅槃前更提點弟弟，每一段記錄都必須聲明是他親耳所聞，標明「如是我聞」，來強調語出有據，真確無疑。

在這本成長小說中，主角從天真而滄桑，由附屬地擔任秘書而獨立地肩負編撰，阿難卒之以其柔韌身段，一步一腳印去承擔大任。

村長小配角而已，但是十分搶鏡。分明一場搶親，舍利弗入村討回阿難，村長居然有本事振振有辭說出大道理，令對方處於下風，可謂譎中有正。

可是祇園一方，阿難尚未救出，反遭村長搶白、村民嘲笑，豈不無功而還，丟了面子？不過，舍利弗到底沉着機變，急中生智，想出妙計。這邊請兄弟高唱〈大悲咒〉，說是為明天大型法會綵排；那邊則說，祇園誠心為村民祈福，故此送上〈大悲咒〉。其實，他肯定歌鼓之聲足以響徹全村，阿難聽見，知道祇園兄弟來了，會馬上跑出來的。正中有譎，舍利弗不愧為智慧第一。

借洪亮歌聲來解困，這橋段高明極了，桃麗絲．黛（Doris Day）在《擒兇記》彈琴高唱「whatever will be, will be,... que sera sera,...」，就是借

歌聲來通知遭綁架的兒子——媽媽來了。

目犍連（精通武術，帶藝投師，號稱「神通第一」。廣為人知的佛經故事〈目連救母〉，破地獄門的正是他）給描述為「他天生就是見到繩子打了結就非要解開不可的人，平常人見到的是結，他見到的是解」。白先勇說他看小說，先看對白，對白不生動，一定不是好小說。以這標準來衡量，作者應可過關。且聽薄責阿難一段，其率直很配合剛勇本色，其洞察力又突出機智不凡。

至於釋迦，固然佛性超然，作者亦點染了人性的一面——阿難魯莽成親，「釋迦從車旁伸下衣袖，在衣袖下緊緊握住阿難的手」。

四、遣辭運句

遣辭運句，最考驗作者的功力。

作者不在意於煉字煉句，倒喜歡從容點出要害。例如「蛇就會挺起頭，張開皮摺，嘶嘶作響來畫出警戒線」，體貌、動作、聲音，捕捉生動，無非點出蛇的意圖——「畫出警戒線」，「阿難在猛烈陽光中凍住了」。「猛烈陽光」與「凍」，冰火相激，鑄造呆住的剎那。「在人類文明中，都不外乎是拳頭、嘴巴、資源的交替混合使用而已。」「命運就是，該你出演的時候，是喜劇，是悲劇，你就得去演。」人情世態，一針見血。此外，印度愛神，給作者嫁接為「用盡法力也只能間中以一兩歲小孩的形態出現，一絲不掛地拿着小弓箭，長了對小翅膀，繼續服務人間」，教人絕倒。阿難學到「喜怒哀樂，驚慌說謊……都不能掛在臉上」，令人莞爾。

寫人，目犍連「眼神比釋迦還兄長」。把「兄長」的詞性由名詞轉換為形容詞，更動人情。「釋迦，從來都像一株高不見頂的菩提樹。」寫景，

「遠處引過來的水把像是棋盤的土格子填得滿滿，反映着日光如片片明鏡」，融合了詩的韻味與禪的意味。「阿難察覺到天上有一顆星特別明亮，螺旋形的光芒在轉呀轉的，而且帶着高高低低，隱隱約約的琴弦和擊鼓的聲音」，充滿聯想，亦為下文〈大悲咒〉伏筆。寫聲，「聲音單調得就像孤寂的馬蹄聲」，意境清冷。

行文裏仍有些微瑕疵，如「被」字用得太多，英文頗多被動句（passive voice），中文則不然。「被」字並非完全不用，只是少用，且多用於負面境況，如「被動」、「被迫」，《紅樓夢》說「被絆倒了」。中文遇見英文，但先天上語法不同，中文以主動句（active voice）為主，一旦遇上「被動」，會化解為「給」、「受」、「獲」、「遭」、「遇」、「蒙」、「承」、「得」、「應」……「們」表示英文眾數（s），往往因意會而不必用，「亦」、「都」、「皆」、「一同」、「一起」、「共」……已經表示眾數了。小小問題，期待續集能夠修正。「西而不化」抑或「西而化之」，作者當知所取捨。整體而言，此書富於邏輯，透視深刻，說理入微，詞鋒冷靜，文筆鮮活，不乏幽默。

五、情節結構

情節構成故事；結構，是長篇小說的骨架。

此書以神話為開端，也留下預言、暗示、伏筆，草蛇灰線，帶出後來情節。

村民地位低微得連姓氏也沒有，得悉摩登伽有希望出嫁，且嫁給無比尊貴的釋迦氏，說不定日後可以帶挈全村，當然興奮若狂。先由周那唸咒狂舞，領起氣氛，令人置身現場，神為之奪。接着籌備婚禮、搶親、狂歡、交涉、博弈那幾章，寫得熱鬧，充滿電影感，真可搬上銀幕，作者對群眾心理與情緒掌握得很好。

〈大悲咒〉於結構上是關鍵。〈大悲咒〉是夫妻拜堂後，突如其來響起的歌聲。沒多久摩登伽不知所終，阿難空自思念。十多年後波斯匿王帶着兩個兒子來見釋迦，兒子一黑一白。阿難見膚色黑那個好生眼熟，奇怪是從他身上感應到周那、摩登伽的氣息。還以為真相大白了，豈料作者按捺下來，製造延宕，留待阿難日後才恍然大悟。

阿難長壽，活到一百二十歲，臨死前，他撐着回到摩登伽的故里。忽聞歌聲，怪而問之，村婦說是〈大悲咒〉。〈大悲咒〉？共諧連理之日，就是聽到〈大悲咒〉才知道祇園兄弟來接他。唉，〈大悲咒〉，村民唱得荒腔走板了。阿難一臉迷茫，村婦詳加解釋，說「這首歌第一次歌詠就在本村，此後，每逢利末王后生日就高歌〈大悲咒〉來紀念。王后出自本村，乃當今王上的祖母……老人家真的不靈通」。噢，那麼，「利末王后叫甚麼名字？」，「倒沒有人知道呢？……傳說她媽跟我一樣，是村裏的醫生。女兒進宮後她到祇園追隨釋迦，之後又跟着鞞留大王到了東面的大城去了」。適逢生日抵達村子是命中巧合，聞歌而發問則合乎情理，毫不牽強，一切來得自然。陌生人一問一答之間，電光火石，水落石出。天哪，利未王后竟是摩登伽，他苦苦尋找了近一百年的摩登伽！

〈大悲咒〉，召回新房裏的阿難；〈大悲咒〉，點醒魂夢中的阿難。一曲〈大悲咒〉，巧妙而自然地穿插在情緣裏，場景重疊，一剎那，摩登伽似在又不在，似不在又在。歌聲環迴，今昔交錯，首尾呼應，起伏跌宕，結構井然。

結語

國驊的英華同窗譚福基擔任了編輯，全書竟然找不到半個錯字，可見功力老到。他作七律，附於書後，題為書〈國驊學兄尋找摩登伽後〉，如此寫：

今生又結後生緣，未了因緣莫問天。
兩袖皆空門外漢，五塵不染鉢中蓮。
燈張提葉明新覺，雪似梅花寫舊禪。
如是我聞傳漢土，拈花無語別山川。

首聯概括了全書精神所在，尾聯則指出佛法傳入中國，反而無法盛行於本土。「雪似梅花寫舊禪」說國驊借古佛經來寫一段如雪似梅的愛情。阿難與摩登伽有五百世姻緣，國驊只記錄了一生一世，甚至短得只有片刻的姻緣，已經蕩氣迴腸了。

「我把自己化成飛灰散落在河岸的土地上，把血和淚漂流在河的水……這樣無論她在哪裏，我都可以找到她」，生生世世，不知始於何時終於何日，阿難阿難，宿命而癡迷，在塵世裏繼續尋找摩登伽。

二〇二三年一月

尋找摩登伽

一隻瓜從從容容在成熟

林肯說：「人，要有複雜的頭腦，卻要有一顆單純的心。」那年頭美國總統言辭雋永，耐人深思，挪之來形容一些文學團體之成立與發展，頗為貼切。東晉年間王羲之與少長群賢共四十一人，在蘭亭「茂林修竹」、「清流激湍」之間，曲水流觴，飲酒賦詩，留下千古名篇。倘無修禊之會，又何來蘭亭墨寶？則聯席而歌把酒而吟，記之刊之，必有意義。文人聚合，共賞文章，互相砥礪當可激勵寫作，甚至鼓動文壇風氣。從竹林七賢、初唐四傑，到五四運動再而今日兩岸三地，文心一縷而雕龍繡虎，本乎共同理想而成立的文社一直清澗湲湲。

香港既擁抱海洋，又連接大陸，先天在地理上有其獨特優勢，四方往來，兼容並包。一九四二年後英國的殖民統治留下西化的痕跡，本來打魚、農耕、採石的山海之城，積數代艱苦而漸漸華麗轉身，其制度、民風等跟北京、台北風貌殊異。在香港長居或過境暫留的，對此地總有感情，久之盤根錯節甚至成為情意結了。早已寓居海外，或慣於北望神州，或生於斯長於斯的，驀然才發現紫荊早已燦爛開在心頭，華洋之微妙交融還留在魂夢，發而為文，見諸筆墨，更顯個性。

殖民政府對工商積極推動，所以一九六六年已有貿易發展局；文學卻相當無為，一九九五年始有藝術發展局。儘管春風不度甘霖不降，然而文學自有其堅韌的生命力，種子撒在資本主義的土壤，傻勁十足地戴月荷鋤者，雖然一小眾，依然一代代，各自守拙而耘耔，故以田園小而不蕪寂而沁綠。

香港作家聯會之成立，忽忽已有三十五載，會員多達數百，以文學團體而言已是長青了。林肯云「要有複雜的頭腦」，作聯當然具備，不然創會精神焉能發揚？會章怎能制定？法律程序該怎恪守？文友憑何維繫？會務怎樣推動？經費從何籌措？人才何處去尋？時勢改變，創作空間有待摸索，未來何去何從……更兼港式生活急管繁弦，只為興趣而挑起責任，居然支撐了三十五年，除卻「一顆單純的心」，還有甚麼呢？

會務清簡，行之有序，年中舉辦聯歡飲宴，以文會友；名家演講，學問相長。一觴一詠，上承古風，信可樂也。最難得在持之以恆，定期出版刊物，而且與時並進，紙本不廢，網書致遠，圖文並茂，游目騁懷矣。所謂「得句錦囊藏不住，四山風雨送人看」，作聯鋪設平台，有若茵陳鋪地，如泰戈爾所說「綠草無愧於所成長的偉大世界」，作聯亦無負於華山夏水之文學使命。

作聯之三十五年，真似余光中一句詩：「一隻瓜從從容容在成熟。」

二〇二三年五月

紅樓有夢夢迢迢

讀中學時常常蹓躂書店，其中一家給我很好的印象。書店位於旺角花園街，叫友聯書局，怎知友聯不知何時竟湮沒了，也應了《紅樓夢》所云「由來好物不堅牢，彩虹易散琉璃碎」。

我零用錢少，慣於精打細算，買書的錢都是撙節用度得來的，如忍着饞嘴不買路邊攤子小吃，為省下幾角錢寧願走路，可是居然在友聯買下精裝而非平裝的《紅樓夢》。為甚麼呢？雖然時隔多年，理由依然記得。出於仰慕名著，覺得一本書可以看個一生一世，略貴又何妨？加上是友聯出版社印製，折扣較大，權衡之下，精裝雖比平裝略貴，但硬皮裝幀，書名燙金，精裝顯得物有所值了。那套精裝《紅樓夢》原來是程乙本，國內並不流行，胡適與白先勇則推崇備至。那時我不過是個戴眼鏡穿迷你裙的文藝少女，當然不曉得比較版本。我甚至糊塗得連童年愛讀的《兒童樂園》、中學喜歡的《中國學生周報》乃出自友聯，也渾然不知，更莫說友聯得美國「亞洲基金會」資助那些事了。

把《紅樓夢》用心閱讀幾遍了，想鑽研下去，然而紅學的書太多，買不來的，便往窩打老道二樓的市政局圖書館借，後來入了中大便去新亞圖書館借。能借便借，能看便看，索隱派、自傳派一一細讀，紅學家蔡元培、俞平伯、周汝昌、林汝亮、周策縱等前賢的心血不敢輕忽。也許自己夢想要成為紅學家，結果是心嚮往之，實不能至，甚至連論文也寫不出半篇，投入與輸出完全不成比例。當年一本正經，專心致志，到頭來一事無成，我已放下紅學多年了。

不過，《紅樓夢》不會讓讀者白讀的，至於哪方面有所領悟，就要看各人修為了。

花襲人名字奇怪，索隱派認為「襲人」即「龍衣人」。寶玉啣玉而生，那塊玉即國璽，包着國璽的襲人，則與寶釵一黨，寶釵得勝，暗示清朝奪取政權，所以《紅樓夢》主題是反清復明。這看法未敢取信。我始終認為《紅樓夢》意在警世，一個例子是賈母憐老惜貧，王熙鳳也善待劉姥姥，所謂「留餘慶」，劉姥姥後來義不容辭就收留熙鳳女兒巧姐。

曹雪芹若非先經歷富貴繁華然後飽嘗家道破落，焉能濃墨重彩細緻入微地把賈府氣派刻畫？可是過分執着迂闊，膠柱鼓瑟，以為所有人與事都百分百依足事實也不必，因為作者肯定會將經歷再藝術加工，故此在文獻中發現曹雪芹體胖且黝黑，並非賈寶玉「面如中秋之月，色若春曉之花」之風流模樣，也毋須驚訝。

曹雪芹是個宿命論者，宿命的想法瀰漫全書，他甚至在第五回「賈寶玉神遊太虛境，警幻仙曲演紅樓夢」，提早抖出結局，大觀園的女孩子下場早已注定。有些小說家把結局故作神秘，讓讀者追看下去，到最後才恍然大悟，偵探小說作者優為之。曹雪芹則早早就預告結局，且給人神話式如真似幻的感覺，到預言一一應驗，讀者仍手不釋卷，唏噓命運之不可逆轉，惋惜受命運播弄的可憐人物。

即使相信宿命，不過從筆下人物的不同際遇，也流露出曹雪芹認為性格多少能夠改變命運。賈府的大當家王熙鳳才幹過人，奈何過於貪婪，缺乏遠見，竟忘記了秦可卿鬼魂所託，未為宗祠多置田產，結果抄家之日一切都蕩然無存。賈探春賈環皆趙姨娘所生，品格天淵之別。探春「才自清明志自高」，憑住本事建立地位，遠嫁的結局還不至於太悲慘。

曹雪芹用一雙看遍得失禍患的眼睛去觀萬物，他是悲觀的，但懂得克制，並未一味哀鳴，所以寫賈府盛極一時，傾向客觀描述，沒有掃興，只在適當時機借對白來點出奢華過度了。在貧苦中他提筆寫下家族史，嘔心瀝血，想是保留家族回憶，也借書中種種變幻，以不說教的方式給世人一帖良方，讓一僧一道瘋瘋癲癲唱起〈好了歌〉，希望當頭棒喝，點出塵世所熱衷的追尋的都不值得。儒、道、釋三家思想融滙書中，書中人物代表了三家，尊儒奉道歸佛皆有前因，曹雪芹對佛道較為傾心，可是儒家的規範也不至於完全揚棄。不過，曹雪芹最憎恨宗法制度主宰婚姻，黛玉焚稿斷癡情，情天難補，寶玉終於出家。出家固然因為他漸悟紅塵之毋須戀棧，亦是他有意要反擊身不由己的婚姻，這起碼是一場消極的革命。

情之為物，《紅樓夢》點染最力，濃墨重彩，寶黛從一見鍾情到黛玉猜疑到愛情穩定，這一段固然動人。配角賈薔與齡官也真叫人眼前一亮。情在禮教下慘遭壓抑，乃有司棋殉情。莫說少男少女，且看王熙鳳，以她的條件而嫁給好色俗氣的賈璉，已夠委屈了。她幹得最毒辣就是對付賈璉二房尤二姐，其實殘酷手段的背後出於妒念，因愛成妒，也是受情所折磨。風月寶鑑是一面鏡子，可正可反，是債是孽。

曹雪芹明言女孩子是水做的，女性在大觀園居領導地位，賈元春王妃身份極盡顯赫，賈母是一家之主，王熙鳳隻手可以翻雲覆雨，丫鬟中鴛鴦、平兒儼如助理總裁，證明曹雪芹對女權的擁護。這些思想在乾隆年代無疑是前衛的，他帶出的訊息是有本事的女孩子真不少，靠品德實力而出人頭地就格外得到尊敬。

程乙本有一百二十回，後四十回卻甚少翻看，閱讀是非常個人的感覺，專家怎樣力言是親筆抑或偽作都是徒然，看不下去就不必勉強。我推測曹雪芹早已寫好回目，也遺留斷稿殘篇，續作者根據前文的預言與伏線，補綴缺漏，算是把小說完成。

所謂福氣，往往不強求而自來。世間事萬般頭緒，種種因緣，少年時代幸而擁抱程乙本，只覺如魚得水，日後看《脂硯齋重評石頭記庚辰本》已滋味不同了。看庚辰本時，懷疑是否先入為主而生成見，便再看三看，終究喜歡程乙本。要是一起步看的是庚辰本，有沒有那麼鍾愛《紅樓夢》也未可知。

看《紅樓夢》所得者，是提醒自己要用心觀察、細緻描寫，學習以悲憫情懷去看人間事。小說角色有所謂扁平人物（flat character）與圓形人物（round character）之分，王熙鳳是圓形人物之典型，既心狠手辣，亦偶有一念之慈：邢岫煙寒素而脫俗，王熙鳳毫不嫌貧反而體貼；她不識字，聯句由她起句——「一夜北風緊」，也不落俗套；聽她「正言彈妒意」教訓小叔賈環，句句有理，邪中有正的人物已玲瓏畢現。歲月也催人成熟，黛玉後期漸漸減少尖刻而多了溫潤，寶玉悟佛是漸進的。

書中警句太多，「不關己事不開口，一問搖頭三不知」是王熙鳳眼中的寶釵，雖然無法喜歡寶釵，但這種處世態度我十分受用。「牆倒眾人推」是常見的，人心很冷，人性頗狠。

從機構的管理到人事的升遷，再而權力到愛情的爭奪，那格局往往是《紅樓夢》的套路。人生於世，逃不了命運，離不開競爭，世人都在其中角力、追逐，誰可超然？誰能勘破？不過，莫給名利、愛情、權力迷了眼昏了頭，看得淡一些遠一些吧，反正人生不過是夢一場而已。

二〇二三年七月

傻姑登場

舍下常有客人來訪，我有時下廚，要是座中有高手，格外戰戰兢兢，生怕人前失禮，引為笑柄。奇怪以我的烹飪手藝，居然獲得客人青睞，甚至讚譽：「原來你懂得做菜，好得出人意表。」我並未因此飄飄然，反靈機一觸，從此自稱寒舍出品為「傻姑餐」。何解？金庸《射雕英雄傳》中有一人物，叫傻姑，初看她使出的功夫，完全是桃花島招式，功架十足，令人眼前一亮，而且功力深厚，看得人暗暗喝彩。不過，且慢，耐心繼續看去，方發覺她套路反覆，招數有限。一套變化多端的功夫，傻姑只懂得一二而已。這正是我的修為，跟傻姑一樣，腹笥未藏五車，故而恭請客人上桌，能夠招待進餐的，不過幾道菜式，多一點已不能了。

以上一則小事，多少可反映出金庸小說深入了民心，故此信手拈來，也成妙喻。

從小事出發，教我思量作者為甚麼在本已人物眾多的故事裏，再加插傻姑這角色。這角色究竟起了甚麼作用？

《射鵰英雄傳》裏頭，東邪、西毒、南帝、北丐、中神通，已經一時豪傑了，更有英雄無數。在一山還有一山高的期待下，作者卻似不經意地讓傻姑出場，傻里傻氣的喜劇人物（comic character）表現天真，令人莞爾，與心思莫測的江湖人物相比，大異其趣。芸芸眾生，陸續登場，於是小說人物的面貌更為寬廣，形象更為多姿。

在氣氛上，高手交鋒，奇招異式，看得眼花繚亂，心情緊張。就在連場緊湊中，喜劇人物笑嘻嘻地忽然亮相，於是節奏舒緩了，氣氛輕鬆了，笑料增加了，讓讀者精神鬆弛下來，暫時不再追逐於誰勝誰負。弓弦繃緊，劍拔弩張，作者筆鋒故意放鬆一下，安排喜劇人物如傻姑出現，情節便一張一弛，起伏變化，姿態萬千，作用猶如一杯入口清涼的茶，滋潤五內，場面立刻消暑降溫，化作片刻涼快。

可是另一方面，正因傻姑純真開朗，如孩子天真，童言無忌，有時帶來麻煩，甚至在遭人利用下製造了無可挽回的局面。她不懂得欺詐，不會說謊，不說虛語，所以她所說的就令人深信不疑。故此誰殺死江南五怪？這疑團盤根錯節，極為複雜，終於在黃蓉巧問下，引導她說出當時實況，方能水落石出。牽涉其中，能道破真相又獲得一致信任的，唯傻姑一人矣。

傻姑跟黃藥師父女相遇，交會而起的種種，加強了人物的刻畫。傻姑借出密室給郭靖養傷，可是她癡癡呆呆，不知事情輕重，萬一……黃蓉便動了殺機，可是轉念想到郭靖極之忠厚善良，要是自己殺害無辜，郭靖必不原宥，唯有打消惡念。

黃蓉遺傳了父親的邪氣，心機複雜，事事為己，尤其是在自保情況下，心狠手辣，絕不手軟。她自小就欠缺儒家的道德教育，天地間只有自我，無所謂仁義，世上沒有甚麼道德規範可以把她約束，唯獨郭靖。黃蓉這些本性，書中屢次描寫，卻以這一筆最精彩。受了重傷的郭靖命懸一線，藏匿地點不容他人知悉，殺掉傻姑是最直接了當的手段。然而，代表了正義與愛情的郭靖，如泰山五嶽一樣橫亙在她面前，權衡取捨，黃蓉頓時收斂，不為正義，純因愛情。在極度危機中，傻姑竟然此時此地穿插其間，讓黃蓉心計與心事交纏，凸顯了黃蓉性格。這一段選取了最恰當的人物來衝擊黃蓉，讓低智商碰撞高智商，真是神來之筆。

傻姑是黃藥師大弟子曲靈風遺下的女兒，心智如小孩。她稱黃藥師為爺爺，黃藥師教她三招叉法，讓她防身，抵禦敵人，可證黃藥師一片苦心，厚愛於她，正好刻畫他邪氣之外，對某些人另有偏愛。這同時帶出訊息：一是孤兒需要關顧，二是弱智孩子只要得到適切教育，持之以恆，一丁點進步總也有的。傻姑終於學得桃花島一絲一縷武藝，可見毅力可使鐵杵成針，這寫法流露出作者正面的盼望。

作者創作傻姑這人物，用意值得探究。她身世可憐，智商又不如人，可是善良而開朗，作者讓她出台，好跟勾心鬥角或愁眉不展的成為對比。她智商如小孩，心眼好的把她愛護，動歪念的打她主意。正因孤苦且弱智，待她好的真情流露，待她不好的毫無顧忌。作者有意把傻姑這方明鏡擺在讀者面前，於是人性美醜，纖毫畢現。傻姑曾親睹楊康殺死歐陽克，又曾誤信楊康及歐陽鋒，錯引江南六怪入黃藥師夫人墓室，間接導致五怪慘死。《射鵰》中相當關鍵的情節，她都參與其中，影響全局。作者抓住傻姑小孩心性、無知頭腦，縱使知情也不曉說出來龍去脈的特點，特意差遣她登場，使劇情能夠奇詭地推展，一切來得自然暢順，富於說服力。讀者若明白作者角色安排及心思所在，當會對創作小說領略得更深刻。

二〇二四年四月

張曉風在風雨中

五月四號，那麼饒富意義的日子，台灣散文家張曉風應香港中華文化促進中心之邀來演講，雪泥鴻爪，可堪一記。

近來我常夜半醒來，不能入寐，想起一周後就親炙名家風采，若事先毫無準備就入座，未免不夠敬重，於是上網重溫她的資料。怎知映入眼簾竟然是她夫婿林治平教授剛剛去世的消息，吃了一驚，文學的回憶驀地湧上心間。那新郎無限癡情地站在教堂「地毯的那一端」等候，那妻子說「如果死亡走近我的屋簷……如果它先帶去的是我的丈夫，我確知我的名字將是他口中最後的呢喃」，夫妻恩愛，暮年喪偶，打擊至大，孑然一身穿過「死蔭的幽谷」，怎生消受？

她的健康和心情如何？演講能否如期舉行？主辦單位極之體貼，完全以她的健康為重。曉風個人意願加上家庭會議一致贊同下，決定放下傷痛，履約而來，這場演講印記了她溫柔而堅毅的承擔。

我在八十年代參加文學營，初遇曉風，她與席慕容擔任導師。到了二〇一七年余光中教授的喪禮再次見她，她一手借力於四輪小行李箱的手把，一手拄着拐杖，臉上掛了一顆大淚珠，那情景很難忘。在余教授謝世後半年，曉風特意去了南京和常州一趟，南京有他們的母校崔八巷小學，還有余教授讀過的青年會中學。常州與蘇州之間，是小光中隨媽媽坐船走難時，帆撞橋洞，他幾乎命喪於此。這些詩人成長的痕跡她不辭路遠去尋覓，拄着拐杖，一步一腳印，然後才動筆撰寫悼文，深情而敬慎，天下間竟有這麼難得的人！

主辦單位為她洗塵，我有幸叨陪末席，在酒樓等候時，我時不時向門口張望，她終於出現，原來助理陪同來港，這讓人放心多了。她穿得簡單而優雅，一身黑衣黑長裙，還戴了珍珠項鏈，打扮比平時講究，走路則借助手把和拐杖來撐持。但見她神情平靜，不至於太憔悴，昨天已為教會演講一場了。我們珍惜相逢，各自攜帶她的著作央她簽名。她因陋就簡，連桌子也不用，就把膝蓋上的皮包當作書桌，簽名動作相當伶俐，看來她很慣於適應場地，習以高效率高生產了。務實勤快，難怪能一面認真教書，一面悉心持家，一面寫作不輟，一面關心時務，面面兼到了。

廣東小菜色香味俱全，席上大家都慇懃招待，她胃口不錯。我問她能否安睡，她說可以，此行讓她暫時離開悲哀的氛圍，跳往新環境，又忙碌於演講、受訪等工作，或能紓解悲懷。

翌晨演講，在拔萃女書院舉行，離地鐵出口僅兩分鐘路程，安排十分細心。怎知道大雨傾盤，紅雨訊號高掛，西貢及將軍澳儼然澤國，演講主要對象是中學生，有些學校專程租了旅遊車接送，但是雨勢太大沒有出發。禮堂本應坐滿一千二百人，結果仍有三分之二學生冒雨參加，失之交臂者可在網上一睹這位「散文詩人」的風采。

演講題目非常特別，甚至有點費解，叫「無限續杯和有限一杯」。她首先說一家咖啡店以無限供應為招徠，既然任飲，朋友便連續飲下多杯，豈料不一會兒突然心跳劇烈，要立刻送院。然則所謂無限續杯，究其實是頗為有限的。這番話猶如文章的起興，起興已耐人深思了。接着她說了多個人物故事，用「講古仔」來說明道理是高明的，因為道理已在真人真事中，輕輕點染，道理自然透出。

故事有趣又發人深省，值得舉述一二。張大千十五歲時遭土匪囚禁，限一百天內交贖金；當時盜賊如毛，只怕贖金在途中又會遇劫，則百日後性命不保。張大千卻在這有限的一百天，跟同樣被擄的老進士學寫詩，結果日後他懂得在畫上題詩。艾德華・威爾森幼年父母離異，釣魚時竟又發生意外，一目失明；生理缺憾的局限，只能看清細小的東西，結果他選擇螞蟻為研究對象，成為世界級的專家。一連串故事的主角，都能夠在有限處境裏珍惜有限，再而創出成就。

曉風演講風格跟文章相似，平實道來，內容扎實，立意高遠，有所寄託。問答時段的對話尤其深刻，不止當下獲得滿場掌聲，而且句句都充滿啟迪，與會者受益不淺。這些感人故事會埋在心底，將來總會在有限一杯的困境中發揮出來。

曉風新作《八二華年》，說八十二歲是女子妙齡，正是人生有限一杯的境況，我請她為這本書簽名。喪夫幾天後即趕來演講，這一趟來得哀愁，又遇上豪雨，皆叫人分外感動。《我還有一片風景要完成》裏，她說：「我是那畫中人，站在固定的時間和空間裏……我不能走開，我有一片風景要完成。」人世的淒風苦雨，香港的大雨淋漓，張曉風剛巧碰上。她踐約來完成風景，自己也走進煙雨迷濛的畫圖，定格為畫中人畫中景了。

二〇二四年五月

香港藝術發展局
Hong Kong Arts Development Council 資助

香港藝術發展局全力支持藝術表達自由，
本計劃內容並不反映本局意見。

〔遇上散文〕

幾回踏過雀仔橋

責任編輯 張佩兒
裝幀設計 陳佩珍
插　　畫 李詠兒
排　　版 楊舜君
印　　務 劉漢舉

作　　者 黃秀蓮

出　　版 中華書局（香港）有限公司
香港北角英皇道四九九號北角工業大廈一樓 B
電　　話（852）2137 2338
傳　　真（852）2713 8202
電子郵件 info@chunghwabook.com.hk
網　　址 http://www.chunghwabook.com.hk

發　　行 香港聯合書刊物流有限公司
香港新界荃灣德士古道二二〇—二四八號荃灣工業中心十六樓
電　　話（852）2150 2100
傳　　真（852）2407 3062
電子郵件 info@suplogistics.com.hk

印　　刷 美雅印刷製本有限公司
香港觀塘榮業街六號海濱工業大廈四樓 A 室

版　　次 二〇二四年十二月初版

規　　格 三十二開（190 mm × 130 mm）

ISBN 978-988-8912-30-8